Die Geschichte vom blauen Planeten

Dieses Buch ist meinem Sohn Hlynur und seinen Urgroßeltern gewidmet.

Impressum:

leiv Leipziger Kinderbuchverlag GmbH
Leipzig 2007
www.leiv-verlag.de

Title of the original Icelandic edition: Sagan af blaa hnettinum

Published by agreement with Edda Publishing
Reykjavik
www.edda.is

Einband und Buchgestaltung
Lisa S. Rackwitz
Verwendete Schrift Janson

Printed in Austria
Druck und Bindung: agensketterl Druckerei GmbH, Mauerbach

ISBN 978-3-89603-271-3

Andri Snær Magnason

Die Geschichte vom blauen Planeten

aus dem Isländischen übersetzt
von Andreas Blum

mit Illustrationen
von Lisa S. Rackwitz

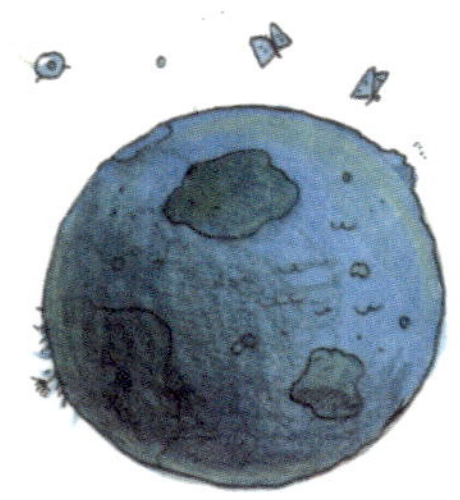

Leiv

Es war einmal ein blauer Planet

Es war einmal ein blauer Planet weit draußen im Weltraum. Auf den ersten Blick schien das nur ein ganz gewöhnlicher blauer Planet zu sein, und es ist unwahrscheinlich, dass ein Astrologe oder ein Astronaut ihm auch nur einen Seitenblick zugeworfen hätte. Eine Sonne und ein Mond flogen jeden Tag einen Kreis um den Planeten, ein Wind wehte über das Gras und die Blumen und Wasserfälle fielen von hohen Bergen hinab in tiefe Schluchten. Über den Himmel flogen Wolkenknäuel und hinter ihnen schienen Sterne. Auf dem Planeten gab es Länder aller Größen und Arten und um jedes Land herum war ein Meer, das manchmal spiegelglatt, manchmal so aufgewühlt war und grau wogte, dass die Wellen aufs Land stürzten und auf dem Sand in tausend Tropfen zerbarsten.

Aber da gab es etwas, das den blauen Planeten ganz einzigartig machte. Dort lebten nur Kinder. Natürlich gab es dort auch Pflanzen und Tiere, aber um den ganzen Planeten herum gab es Kinder in allen Größen und Formen, kleine Kinder und große Kinder, dicke Kinder und dünne. Einige waren genauso ulkig wie das Kind, das du im Spiegel siehst. Es waren viel mehr als hundert Kinder, sagen wir einfach, es waren unzählig viele.

Weil keine Erwachsenen auf dem blauen Planeten wohnten, waren die Kinder vollkommen frei. Es gab keinen, der ihnen irgendwelche Arbeiten vorschrieb. Sie waren eigentlich wilde Kinder. Sie aßen, wenn sie hungrig waren, und schliefen da ein, wo sie müde wurden, und spielten, wann immer sie Lust dazu hatten. Keiner störte sie. Diese Worte sollte man nicht als Kritik an den Erwachsenen auffassen. Viele von ihnen sind schon großartig. Der blaue Planet war schön. Aber er war auch gefährlich. Er war so wahnsinnig voll von Wundern und Abenteuern, dass kein Erwachsener dort hätte leben können, ohne graue Haare zu bekommen oder vor Stress und Sorgen zu verenden. Deswegen war auch so lange kein Erwachsener auf dem Planeten gelandet, wie sich die jüngsten Kinder zurückerinnern konnten, und die Astronomen wagten es um ihr Leben nicht, ihre Teleskope dorthin zu richten. Aber jetzt könnte irgendjemand fragen: Woher kommen dann die Kinder? Wie vermehren sie sich? Werden sie nie erwachsen? Wie entstehen sie, wenn keine Erwachsenen auf dem Planeten leben? Die Antwort ist einfach: Keiner weiß es. Wie ich vorhin schon sagte: Die Wissenschaftler haben kein großes Interesse am blauen Planeten und haben ihn auch nicht vollständig erforscht. Man weiß, dass dort unzählige wilde Kinder leben, die nie erwachsen werden. Aus irgendwelchen unverständlichen Gründen scheinen sie einen unerschöpflichen Jungbrunnen in ihren Herzen zu haben, sodass die Kinder sogar schon viele hundert Jahre alt sein könnten. Es gab unbeschreibliche und unzählige Abenteuer auf dem blauen Planeten zu erleben. In einigen Ländern konnte man in der Dunkelheit leuchtende Glühwürmchen fangen oder auf Felsen klettern und in das warme Meer hinabspringen. In anderen konnte man am Strand Muscheln sammeln und zugucken, wie Meeresschildkröten an Land krochen, um Eier zu legen. Mal gab es steile

Vogelfelsen und Gletscher, die mit großem Gepolter ins Meer krochen, mal standen da hellgrüne Wälder mit Papageien und Tigern, die abends tiefgrün wurden, wenn die Wölfe aufstanden, und nachts dunkelgrün, wenn die Fledermäuse aufwachten und die Spinnen mit haarigen Beinen Netze zwischen den Ästen der Bäume webten.

Einmal im Jahr ereignete sich etwas Unglaubliches auf dem blauen Planeten. Da fiel ein Lichtstrahl durch ein kleines Schlupfloch in eine große Höhle im Lichterberg. Das war keine gewöhnliche Höhle. Sie war voller schlafender Schmetterlinge. Wenn das Licht in die Höhle hineinströmte und auf die bunten Flügel der Schmetterlinge schien, ereignete sich das große Wunder. Die Schmetterlinge erwachten aus ihrem Schlaf. Erst schlugen sie sehr vorsichtig und langsam mit ihren Flügeln, aber dann erhoben sie sich einer nach dem anderen, flogen zum Höhleneingang hinaus und verfolgten die Sonne den ganzen Tag lang, rings um den Planeten, über Länder und Meere und Berge und Täler. Danach flatterten sie wieder hinein in die Höhle, schliefen ein und wachten nicht wieder auf, bevor ein Jahr vergangen war.

Der Schmetterlingsflug war das größte Wunder auf dem blauen Planeten und ein wahrhaftiger Freudentag. Da legten sich die Kinder auf den Rücken und schauten zu, wie sich die Luft mit Schmetterlingen in allen Farben auffüllte und wie diese, der Sonne folgend, hinter dem Horizont verschwanden.

Aber all dies war nichts im Vergleich mit dem Abenteuer, von dem diese Geschichte handelt. Hier wird von dem allerlängsten und allergefährlichsten Abenteuer erzählt. Kein Kind auf dem blauen Planeten hätte jemals gedacht, dass es einmal so etwas erleben würde.

Die Geschichte beginnt

Die Geschichte beginnt auf einer kleinen Insel im tiefen Meer, kurz vor dem großen Schmetterlingsflug. Es war ein heller Sommertag, und Brimir ging am schwarzen Strand entlang. Er schlenderte herum und sammelte Schneckenhäuser und manchmal fand er einen flachen Stein, den er übers Wasser springen ließ. Er ging langsam durch die Pinguinkolonie und schlüpfte durch das Gedränge und passte gut auf, dass er nicht auf die Eier trat.

Brimir wollte seine Freundin Hülda treffen und ihr einen unglaublich schönen Stein zeigen, den er am Fuß vom Höchsterberg gefunden hatte. Seine schimmernden Strubbelhaare schauten gerade noch aus dem schwarzweißen Pinguinhaufen heraus. Sein Magen knurrte, weil er auf der Bergwanderung total vergessen hatte, etwas zu essen. Er schaute die verlockenden Eier unter den Pinguinenhintern an und ihm lief das Wasser im Mund zusammen. Aber als sein Blick die böse blickenden Pinguinaugen traf, beschloss er, sie in Ruhe zu lassen. Wenn sie auch nicht fliegen konnten, war er doch nur allein, sie aber bestimmt viele tausend, und ihre Schnäbel messerscharf.

Brimir sah seine Freundin Hülda, die einen großen und schweren Sack hinter sich herzog. Er rannte zu ihr.
»Hallo«, sagte Brimir. »Was ist in dem Sack?«
»Orangen und zwei Kaninchen.«
»Soll ich dir helfen, den Sack zu ziehen?«
»Das wäre toll.«

Sie schlenderten den Strand entlang und zogen gemeinsam den Sack hinter sich her, der ihre Spuren im Sand verwischte.
Brimir und Hülda kletterten auf einen Hügel. Sie schauten aufs Meer und den schwarzen Sand in der Bucht mit den Palmen, wo sie Essen machen wollten. Sie sammelten Treibholzklötze, machten ein Feuer und grillten. Als sie genug gegessen hatten, setzten sie sich in den Sand und betrachteten den Sonnenuntergang, schließlich legten sie sich hin und beobachteten, wie die Sterne heller wurden, je mehr die Dunkelheit zunahm.

»Ich glaube, das ist mit Sicherheit der schönste und tollste Tag, den ich erlebt habe«, flüsterte Hülda und lächelte.
»Ja, er ist selbst noch toller als der tollste Tag, den ich bisher erlebt habe, und der war gestern«, sagte Brimir.
»Was hast du gestern gemacht?«
»Nichts Besonderes, aber ich war trotzdem so fröhlich«, sagte Brimir und lächelte. »Eigentlich wird das Leben ständig toller.«
»Und bald kommen die Schmetterlinge«, sagte Hülda glücklich.
»Das wird ein Spaß.«
Brimir zeigte Hülda den Stein, den er auf dem Berg gefunden hatte. Wie er glitzerte. Wie tausend Regenbogen. Wie eine Million Sterne.

»Wow, wie schön er ist!«
»Du kannst ihn haben«, sagte Brimir.
»Nein, das will ich nicht«, sagte Hülda, »er ist zu schön.«
»Aber ich will, dass du ihn nimmst«, bat Brimir.
Und weil Hülda wusste, dass Geben glücklicher macht als Nehmen, nahm sie den Stein an, um Brimir eine Freude zu machen.
»Was für ein Stein ist das?«

»Ich glaube, dass es ein Wunschstein ist.«
»Kann ich mir dann etwas wünschen?«, fragte Hülda und lächelte.
»Ja, wenn du willst«, antwortete Brimir, »aber dann wird der Stein zu einem gewöhnlichen Kieselstein.«
»Habe ich denn nur einen Wunsch frei?«
»Ja, aber es kann jeder nur mögliche Wunsch sein.«
Hülda schwieg eine gute Weile, sie überlegte lange hin und her, dachte scharf nach.
»Mir fällt eigentlich nichts ein, was ich mir wünschen könnte.«
»Nichts?«, fragte Brimir.
»Ich bekomme genug zu essen und ich habe viele Freunde, weil wir alle Freunde sind, und ich hatte immer nur einen Wunsch«, sagte Hülda.
»Und was war das für einer?«
»Ich habe mir immer gewünscht, dass mir mein bester Freund einen wunderschönen Wunschstein schenken würde. Und jetzt ist der Wunsch in Erfüllung gegangen!«
Hülda lächelte verlegen, küsste Brimir leicht auf die Wange und hielt den Stein so vorsichtig in der Hand wie ein Goldregenpfeiferei.

»Dieser seltsame Stern ist merkwürdig«, sagte Brimir auf einmal.
»Wo?«, fragte Hülda.
»Dort!«, rief Brimir.

»Da sollte kein Stern sein«, sagte Hülda und rieb sich die Augen. Aber der Stern hing nicht still draußen im Weltraum. Er sauste mit einem großen Feuerschweif im Schlepptau herum, flog manchmal einen Kreis oder Looping und zeichnete rote Feuerbuchstaben an den Himmel.

»Es ist, als ob er Buchstaben in die Luft macht«, sagte Brimir.
»Jetzt geht's los«, buchstabierte Hülda.

»Jetzt geht's los? Was ist denn das für eine Sternschnuppe?«
Der Stern hörte plötzlich auf, Kreise in die Luft zu machen, und schien jetzt direkt auf den blauen Planeten zuzusteuern! Aus seiner Richtung hörte man ein schreckliches Donnern, das immer lauter wurde.

Brimir und Hülda hielten sich aneinander fest.
»Oh, oh, ist das ein Meteor oder ein Komet?«
»Das ist bestimmt ein abstürzendes Raumschiff!«
Das Raumschiff näherte sich mit zunehmender Geschwindigkeit, um sie herum wurde es sehr hell. Die Vögel in den Bäumen wachten auf und flüchteten schreiend. Die Eichhörnchen krochen in Kaninchenlöcher hinein. Fische versteckten sich im Seetang und Brimir und Hülda kauerten sich in den Sand.
»Es kommt direkt auf uns zu!«, rief Hülda. »Wir werden zerquetscht!«
»Halt mich fester«, flüsterte Brimir.
Hülda hielt Brimir so fest, dass sie ihn fast erdrückte. Dann gab es eine ganz schreckliche Explosion.

BAMM !!!

Die Explosion hallte in den Bergen wider und gab ein Echo zwischen ihnen, während Sand und Gestein über den ganzen Strand geschleudert wurden.

Nach der Explosion lagen Brimir und Hülda ganz still und mit sausenden Ohren da. Sie standen vorsichtig auf und klopften sich den Staub ab. Dort, wo das Raumschiff abgestürzt war, hatte sich ein tiefer Krater gebildet. Sie gingen langsam an den Kraterrand und guckten hinunter. Man sah eigentlich nichts vor lauter Rauch, aber trotzdem schimmerte ein glänzender, eingedellter Metallhaufen am Boden.

»Das schaut aus wie ein uralter Staubsauger«, sagte Hülda.
»Das ist ein Raumschiff«,
flüsterte Brimir.

Man konnte keine Bewegungen bei der Maschine erkennen. Aber dann hörte man leise Schläge, **dunk, bunk, bank,** als ob irgendjemand versuchen würde, die Luke des Fluggeräts aufzubrechen.
»Es ist seit Ewigkeiten niemand aus dem Weltraum hierher gekommen«, sagte Hülda.
Es wurde weiter an die Klappe geschlagen, viel fester als vorher.

Bank! Dunk! Bunk!

»Hoffentlich ist das kein Weltraumungeheuer«, flüsterte Brimir. Dann hörte man ein fürchterliches Gebrüll und jemand schlug mit voller Wucht auf die Klappe. Sie fiel mit riesigem Klappern heraus und ein riesengroßes, düsteres Wesen erschien in der Öffnung. Es starrte hinaus in die Dunkelheit.

⸎ Das Weltraumungeheuer ⸎

Brimir und Hülda rannten durch die Nacht, so schnell sie ihre Füße trugen, um die Kinder vom Weltraumungeheuer wissen zu lassen. Ihren Weg erhellte nur der Mond, der manchmal hinter den Wolken oder den Palmen verschwand. Sie liefen über Wiesen und durch Wälder und den Fluss hinauf und durch die Wüste, die ganze Zeit riefen sie:
»Rettet euch vor dem Weltraumungeheuer! Ein Weltraumungeheuer ist gekommen!«

Die Kinder, vom Lärm geweckt, schrieen erschrocken in die Dunkelheit:
»Wo ist das Weltraumungeheuer?«
»Am Strand mit dem schwarzen Sand! Passt auf euch auf! Versteckt euch!«
»Wie sieht das Ungeheuer aus?«
»Ich glaube, es ist schwarz«, rief Hülda und rannte weiter.
»Ja, schwarz und behaart, hatte vier Köpfe, und die Zähne, schärfer als Messer!«, rief Brimir.
»Brotmesser oder Fleischmesser?«, rief Oli der Weise.

»Wissen wir nicht, das Ungeheuer war eigentlich nur schwarz«, rief Hülda, zog Brimir hinter sich her. Und als sie schon fast außer Sichtweite waren, rief sie den Kindern zu:
»Kommt nicht in die Nähe vom Schwarzen Strand!«

Über Nacht verbreitete sich die Nachricht wie ein Feuer über die ganze Insel und Angst wurde wach. Alle wussten vom Weltraumungeheuer, aber wenige waren sich einig über sein Aussehen. Einige sagten, dass es schwarz sei und behaart und dass es den ganzen Planeten mit Wäldern und Seen und allen Tieren mit einem Bissen auffressen könne. Andere sagten, dass es zehn Köpfe habe und achtzehn Augen mit Röntgenstrahlen, die durch Berge sehen könnten.
Alle malten sich aus, was das für ein Schrecken sei, im Magen von einem solchen Ungeheuer zu verschwinden und hin und her bewegt und zerdrückt zu werden, in den Gedärmen, wo ein abscheulicher Gestank und Schleim sein mussten.

Brimir und Hülda schliefen todmüde vom Laufen auf einer Waldlichtung unter einem duftenden Nadelbaum ein.
Hülda wachte von Brimirs Angstschreien auf.
»Oh, ich hatte so einen schrecklichen Albtraum! Das Weltraumungeheuer nahm uns das Herz heraus und steckte an die Stelle ganz viele Federn, die so sehr kitzelten, dass ich gar nicht aufhören konnte zu lachen, als das Ungeheuer mich auffraß und hundertmal kaute, weil das Mamaungeheuer ihm beigebracht hatte, gut zu kauen. Und als es mich schließlich schluckte, war sein ganzer Magen voller Quallengelee, wo ich doch nicht einmal Hering mag.«
Hülda schüttelte den Kopf.

»Du und deine wirren Träume.«
»Ich denke, wir haben zu lange geschlafen«, sagte Brimir und rieb sich den Schlaf aus den Augen, »lass uns die anderen Kinder suchen, bevor das Ungeheuer uns alle auffrisst.«

Sie gingen lange, lange durch den Wald. Es war helllichter Tag geworden, aber sie erblickten niemand. Keine Kinder am Fluss oder auf der Wiese, kein Kind im Tal oder am Bergrand. Brimir und Hülda schrieen und riefen, aber niemand antwortete außer den Affen in den Bäumen und einem Sausen im Laub.
»Ich glaube, das Ungeheuer hat alle unsere Freunde gefressen«, jammerte Brimir.
»Ich werde einen Knüppel holen«, sagte Hülda, »und das Weltraumungeheuer erschlagen.«
Hülda schlug mit den Händen um sich und hätte fast Brimir erschlagen. Sie schlichen hinunter zum Schwarzen Strand. Von dort hörte man einen ungeheueren Lärm.
»Ssst...«, flüsterte Brimir und horchte. »Hört es sich so an, wenn ein Weltraumungeheuer Schädel aufbricht und das Gehirn heraussaugt?«
»Für mich hört sich das an wie Lachen«, sagte Hülda.
»O nein!«, rief Brimir. »Dann ist das nicht nur ein Weltraumungeheuer, sondern ein ganzer Haufen von furchtbaren lachenden Weltraumungeheuern, die gefährlicher sind als alle Wölfe und Löwen und Giftschlangen zusammen.«
Sie krochen zitternd hinauf zur Strandkante und schauten von oben zum abgestürzten Raumschiff hinab und bekamen Unglaubliches zu sehen.

Gaudi

»Was ist das?«, fragte Brimir erstaunt.
»Schaut aus wie ein zu groß gewordenes Kind!«, sagte Hülda mit einem Kloß im Hals.
»Könnte ein Erwachsener sein. Die sind bestimmt ganz riesengroß«, sagte Brimir.
Dieser erwachsene Mann war offensichtlich wahnsinnig lustig, denn die meisten ihrer Freunde saßen um ihn herum und lachten schallend. Alle schauten auf dieses merkwürdige Wesen, das oben auf dem eingebeulten Raumschiff saß. Es hatte ein Hemd mit Blumenmuster an und eine graue Aktenmappe in der Hand. Es sah nicht aus wie ein Weltraumungeheuer.
»Sind Erwachsene nicht gefährlich?«, fragte Brimir.
»Einige sind gewiss wahnsinnig gefährlich, aber dieser scheint mir einfach witzig zu sein«, sagte Hülda.
Brimir und Hülda atmeten auf und schämten sich etwas.

Das wahnsinnig gefährliche Weltraumungeheuer war nichts anderes als ein wahnsinnig lustiger Mann. Sie schlichen hinunter in den Krater zu den Kindern. Brimir setzte sich zu seinem Freund Rökkvi, der lauthals lachte.
»Wer ist das?«, flüsterte Brimir.
»Sss, hör zu.«

»Hallo Kinder, ich bin der coooooooooole Gaudi und ich bin der allersuperste Mann im Universum und kann alles, hau rein, weil ich der megacoooooolste Mann bin, der jemals seine Füße auf den Planeten gesssssssetzt hat.«
Gaudi warf Visitenkarten unter die Kinder.

GAUDI GALAKTISCH
FAHRENDERWELTRAUMSTAUBSAUGERVERTRETER
ABER VOR ALLEM TRÄUMEERFÜLLER UND SPASSBRINGER

WELTRAUMHANDY: 763-8381-9599-9383-3444
WELTRAUMFON: 160-5070-5855-5589-3453
WELTRAUMSITE: WWW.GAUDI.MM.IS

»Träumeerfüller?«
»Fahrenderweltraumstaubsaugervertreter?«
»Wow, was für ein seltsamer Beruf«, sagte Hülda.
»Ihr könnt besonders froh sein, dass ihr auserwählt wurdet, dieses besondere Angebot offeriert zu bekommen«, rief Gaudi. Ich werde eure geheimsten Träume wahr werden lassen.«
»Wie ist das möglich?«, fragte Oli der Weise.

»Nachts, wenn ihr schlaft, da wachen die Träume auf. Sie kriechen zu euren Ohren hinein wie kleine Käfer und gehen im Gehirn herum und erzählen die ganze Nacht lang merkwürdige Geschichten. Manchmal sind die Geschichten so toll, dass man nicht aufwachen will. Aber manchmal sind sie so schrecklich, dass man am liebsten nie wieder einschlafen möchte. Ich weiß, wie man die tollsten Träume wahr macht.«

»Bist du sicher, dass Träume wahr werden können?«, fragte Brimir. »Meine sind nämlich sehr seltsam.«

Die Kinder schauten Brimir an und lachten. Er hatte ihnen am Morgen oft seine Träume erzählt und die waren dann wirklich immer wahnsinnig wirr.

»Wie der Traum mit den fliegenden Pinguinen und der Albtraum mit der sprechenden Plapperpappel«, sagte Hülda vergnügt.

Gaudi betrachtete den Kinderhaufen und lächelte.

»Wie heißt du, junger Mann?«

»Ich heiße Brimir.«

»Lass uns keine Zeit verlieren, mein Bigir. Als Erstes verwandele ich dich in einen fliegenden Pinguin.«

Gaudi drehte sich zu Brimir und wedelte mit den Armen um sich.

»Traumsaladimm, du sollst ein fliegender Pinguin sein.«

Die Kinder betrachteten alles verwundert und Brimir wurde doch ängstlich. Er schloss die Augen und wartete auf das, was geschehen würde, aber da begann Gaudi zu lachen und machte einen Salto rückwärts vom Raumschiff herunter.

»Nein, das war nur ein Scherz. Ich erfülle eure tollsten Träume, aber nicht die seltsamsten, und ich mache auf diese Weise euer Leben noch wunderbarer.«

Die Kinder kicherten.
»Da bist du auf einem dummen Planeten gelandet. Wir finden das Leben schon so spitze. Das kann nicht noch toller werden.«
»Schauen wir mal«, sagte Gaudi. »Was macht ihr denn so am liebsten?«
Rökkvi antwortete als Erster:
»Ich finde es am tollsten, bei Vollmond mit meinem Kescher nach Osten zu fahren zum steilen Felsen und dem Wind und dem Meeresbrausen zuzuhören. Ich setze mich ganz oben an die Felskante und warte darauf, dass die Fledermäuse aus ihren Löchern kriechen und im Mondschein herumschweben und das Blut der Seehunde aussaugen, die auf den Steinen daneben schlafen. Dann fange ich einige Fledermäuse und brate das Fleisch und aus den Flügeln mache ich Schirmmützen.«
»Ich finde es am tollsten«, sagte Steinar, »auf Berggipfel zu klettern und über das Land zu schauen. Aber am liebsten möchte ich einmal auf den Höchsterberg klettern.«
»Ich finde es am tollsten, wenn der Regen vom Himmel herabstürzt, weil man sich dann in die Bäume schwingen und in die Pfützen hinunterspringen kann. Und wenn ich bis zum Kopf dreckig geworden bin, dann gehe ich mich in der Wasserfallgischt waschen«, sagte Margret und lächelte etwas verschämt.
So machten die Kinder endlos weiter, bis sie ein fürchterliches Gähnen hörten.
Gaudi gähnte.
»Ach, entschuldigt meine Kinder, aber das ist alles so langweilig und gar nicht spannend, dass ich fast eingeschlafen wäre. Macht ihr denn wirklich gar nichts echt Tolles?«
Die Kinder schauten sich erstaunt an.

»Aber das ist toll.«
»Ja, wir finden das toll!«
»Nein, ich rede von etwas mit richtigem Thrill und totaler Power«, sagte Gaudi. »Ach, ihr seid so schrecklich unterentwickelt.«
Eine kurze Weile schwiegen alle. Aber plötzlich ging ein Ruck durch Hülda.
»Wir haben das Allertollste vergessen, Kinder! Wenn die Schmetterlinge in der Höhle aufwachen und der Sonne hinterherfliegen, das hat Power, weil, das ist das Schönste, was auf der Welt passiert.«
»Da singen die Vögel vor Freude!«
»Nach dem Schmetterlingsflug sind wir so froh, dass die Freude ein ganzes Jahr hält, bis die Schmetterlinge wieder fliegen. Das macht uns seelenfroh.«
Gaudi gähnte wieder.
»Was glaubt ihr, habt ihr von der Welt schon gesehen? Es gibt schönere Schmetterlinge. Ich kann euch Sachen zeigen, die sind viel schriller und geiler als all das zusammen, und zwar zum einmaligen Supersonderangebotspreis mit Ausverkaufsrabatt«, sagte Gaudi.
»Schriller und geiler?«, fragten die Kinder erstaunt.
»Zum einmaligen Supersonderangebotspreis?«
»Ja genau, mit Ausverkaufsrabatt«, sagte Gaudi.
»Aber wir verwenden kein Geld«, sagte Rökkvi.
»Ich bin sicher, dass ihr dafür zahlen wollt«, sagte Gaudi lächelnd, ließ den Blick über die Kinder schweifen und schaute jedem tief in die Augen. »Sehnt ihr euch nicht danach zu fliegen? Frei wie Vögel. Leicht wie Schmetterlinge?«

Gaudi wusste genau, dass alle davon träumen, wie die Vögel oder Schmetterlinge über Berg und Tal zu fliegen. Sogar alte Weiber mit Höhenangst wachen nach solchen Träumen mit frohem Herzen auf.

Brimir antwortete für die Kinder.

»Natürlich sehnen wir uns danach, zu fliegen wie Schmetterlinge. Nachts träumen wir endlose Träume davon, in denen wir fliegen und schweben, und das sind die tollsten Träume. Aber wir wissen, das geht nicht, wegen der Schwerkraft.«

»Willst du uns vielleicht verulken?«, fragte Hülda und schaute Gaudi forschend an.

»Nein, ich verulke niemanden. Ich weiß nämlich, wie ich euch fliegen lassen kann.«

Die Kinder schauten sich ungläubig an.

»Können wir durch die Luft fliegen wie die Vögel?«

»Zeigt mir, wo die Schmetterlinge schlafen, und ihr werdet fliegen. Das verspreche ich euch. Ich lüge nicht.«

Die Kinder bekamen ein Kribbeln im Bauch. Sollten sie wirklich selbst fliegen können? Sie marschierten in einer Reihe los, durch den Wald, den Fluss hinauf, über Wiesen und durch Täler, bis sie zu der Höhle im Berg kamen, in der die Schmetterlinge das ganze Jahr lang schlafen, nachdem sie hinter der Sonne her um den Planeten geflogen sind.

»Ssst«, flüsterten die Kinder. »Nicht die Schmetterlinge aufwecken.«

»Ist das die Schmetterlingshöhle?«, fragte Gaudi und schaute zur Öffnung hinein.
»Ja, hier schlafen die Schmetterlinge.«
Gaudi nahm einen großen Staubsauger aus seiner Tasche.

»Das ist der **AP XU 456 R 2000 Megastaubsauger**.«

»Weckt er nicht die Schmetterlinge auf?«
»Staubsauger sind lautlos, wusstet ihr das nicht?«, fragte Gaudi erstaunt.
Er machte eine lange Röhre an das Gerät und steckte es in den Höhleneingang. Er schaltete das Gerät an und es stimmte, man hörte keinen Laut.
»Saugst du die Schmetterlinge auf?«, fragte Brimir und wurde blass.
»Es gibt keine Gesetze in diesem Land. Dann wird man wohl Schmetterlinge aufsaugen dürfen.«
»Saugst du wirklich die Schmetterlinge auf?«, schrieen die Kinder furchtbar erschrocken.
»Mann, seid ihr nervös. Schaut in die Höhle.«
Die Kinder schauten in die Höhle und sahen, dass der Boden, alle Wände und Tropfsteine mit tief schlafenden Schmetterlingen bedeckt waren, ganz so wie immer. Alle atmeten auf.
»Puh, die Schmetterlinge sind o.k.«, sagte Brimir.
Gaudi öffnete den Staubsauger, nahm einen Beutel heraus und hielt ihn hoch in die Luft.
»Wisst ihr, was in diesem Beutel ist?«
Die Kinder schauten einander an.
»Ist das Sternenstaub?«
»Oder Schmetterlingskacke?«

»Nein, das ist der unglaublichste Zauberstaub auf der Welt, meine Kinder«, sagte Gaudi.
»Das ist SCHMETTERLINGSSTAUB!«
»Schmetterlingsstaub?«
»Habt ihr nie einen Schmetterling gefangen?«
Alle hatten irgendwann einen Schmetterling geschnappt.
»Wenn ihr ihn loslasst, ist dann die Handfläche nicht manchmal voller glitzerndem Staub?«
»Doch«, sagten die Kinder.
»Das ist der Staub, der die Schmetterlinge fliegen lässt, wenn die Sonne auf die Flügel scheint.«
»Und was sollen wir mit so einem Schmetterlingsstaub anfangen?«, fragten die Kinder.
»Ich werde es euch zeigen.«

Gaudi ging zu Rökkvi und streute ihm den Staub über seine Arme. Zuerst geschah gar nichts, dann war es, als ob er federleicht würde, und schließlich hob er von der Erde ab und schwebte über ihren Köpfen. Die Kinder schnappten nach Luft vor Erstaunen.
»Ich fliege! Ich fliege!«, rief Rökkvi.
Die Kinder unten auf dem Boden lachten schallend.
»Er fliegt!«, schrieen sie lachend und tanzend.
»Ich fliege!«, rief Rökkvi. »Das ist das Tollste, was ich jemals gemacht habe.«
Er schwebte durch die Luft wie ein Schmetterling, machte einen Kreis, tauchte ab und bekam ein Kribbeln im Bauch. Er hängte sich in die Äste, pflückte in den Baumkronen Kiwis und Orangen und warf sie hinunter zu den anderen.
»Das ist großartig«, sagte er. »Das ist unglaublich spitze. Das ist absolut unglaublich wahnsinnig toll! Gaudi ist der tollste Mann auf der Welt!«, rief er.
»Ab jetzt heißt er nur noch Riesen-Gaudi«, rief Hülda.
»Ein Hoch auf Riesen-Gaudi!«, riefen die Kinder im Chor.
»Was kostet der Schmetterlingsstaub?«
»Nichts, meine Kinder, ich schenke euch den Stoff.«
»Hurra!«

Die Kinder versammelten sich und drängten sich um Riesen-Gaudi. Man hörte sie sagen: Darf ich, jetzt ich, als Nächster ich, ich will auch! Und alle bekamen Schmetterlingsstaub auf ihre Arme. Den Rest des Tages verbrachten sie ununterbrochen im Flug mit einem Kribbeln im Bauch.

»Wir können fliegen wie die Schmetterlinge!«, riefen die Kinder. An diesem Tag schwebten Brimir und Hülda Hand in Hand über die ganze Insel.
Sie sahen Orte, die kein Kind vorher gesehen hatte. Sie sahen Quellen im Wald, wo grüne Krokodile weiße Eier legten. Sie flogen über ein zwischen Gletschern verstecktes Tal mit Dinosaurierknochen und sie konnten von oben in einen Feuerkrater mit kochendem Lavaschlamm hineinsehen.

Hülda setzte sich auf den Kraterrand und schaute hinab in die brodelnde Lava. Es war brennend heiß. Brimir setzte sich neben sie, nahm einen Steinbrocken und warf ihn hinab in den Krater. Der Stein schmolz und wurde selbst zu flüssiger Lava.

»Eins würde ich gerne sehen«, sagte Hülda.
»Was?«
»Ich möchte gerne die Löwen sehen.«
Brimirs Augen glänzten und sein Herz machte einen Hüpfer. Er hatte die Löwen nur ein einziges Mal gesehen, ganz aus der Ferne, und nie gewagt, sich ihnen zu nähern. Sie schwebten los, hinaus auf die große Steppe, wo die Löwenherde scheinbar gemütlich unter einem Vogelbeerbaum lag. Ein schlecht gelauntes Männchen mit blutigen Zähnen und großer Mähne, grimmige Löwinnen, aber auch kleine süße Löwenjunge. Die Kinder wanderten wie Spatzen im Baum und stellten sich auf die Zehenspitzen. Die Löwen standen auf und knurrten.

»URRRRRRRR.«

»Ha, ha, ihr kriegt mich nicht«, rief Brimir und warf einen Büschel roter Vogelbeeren zwischen die Löwen.

»URRRR.«

»Versucht doch, mich zu fressen«, sagte Hülda und knurrte zurück.
Doch ihr Pulsschlag erhöhte sich, als der Löwe mit der größten Mähne seine Krallen in die Baumrinde schlug und sich den Baum hinaufzog. Sie hatten oft grauenhafte Geschichten über Löwen gehört, die Kinder mit Haut und Haaren aufgefressen und nichts zurückgelassen hatten außer einem abgenagten Skelett im Gras.

»Fliegen wir schnell los«, flüsterte Brimir.
»Nicht so schnell.«
»Hört der Staub nicht irgendwann auf zu wirken?«
»Nicht, solange die Sonne scheint.«
Der Löwe arbeitete sich weiter nach oben in den Baum. Er knurrte so böse, dass die Blätter verwelkten und die Beeren herunterfielen.

»URRRRRRRRRRR!!!!!«

Der Löwe sprang auf den Ast neben den Kindern und eine Wolke steuerte schnurstracks auf die Sonne zu.
»Schnell, Hülda, fliegen wir!«
Sie flatterten in den Himmel und ließen den Löwen ratlos im Baum zurück.

»URR«, was seid ihr eigentlich?«, knurrte der Löwe.

»Wir sind fliegende Pinguine«, rief Brimir und lachte schallend.
»Das ist toller als der verrückteste Traum!«

Sie flogen lachend davon, über Seen und Wälder, Berge und Flüsse.

Steinar konnte an einem Tag auf alle Berggipfel der Insel fliegen. Schließlich erfüllte er sich seinen sehnlichsten Traum und flog zweimal auf den Höchsterberg und wieder hinab.
»Wow – heute ist der allertollste Tag in meinem Leben«, rief er. »Das war riesig!«
»Ja, der zweittollste Tag ist eigentlich nur öde und langweilig, verglichen mit dem heutigen Tag«, sagte Brimir.
»Ich verstehe nur nicht, wie wir ohne diesen tollen Schmetterlingsstaub gelebt haben«, sagte Hülda und lächelte Brimir glücklich an.

Der Abend bricht an, die Sonne ist verschwunden

Aber der Schmetterlingsstaub wirkte nur, solange die Sonne schien, und als die Sonne am Himmel sank, da wurde die Flugkraft der Kinder schwächer, bis sie wieder ganz schwer und erdgebunden wurden, wie zuvor. Wie Fliegen mit abgerissenen Flügeln rannten die Kinder hin und her. Einige schlugen mit den Armen und hüpften in die Luft.
»Oh, ich finde es so blöde, wenn die Sonne untergeht und der Himmel im Westen rot wird und im Osten schwarz«, sagte Margret, bevor sie von einem niedrigen Felsabsatz heruntersprang und unsanft auf einem Steinhaufen landete.
»Ich finde das auch«, sagte Rökkvi mit griesgrämigem Gesichtsausdruck. »Da kribbelt es nicht mehr im Magen und man kann nicht mehr fliegen und wird schwer wie Blei. Das ist furchtbar öde.«

»Es ist auch so anstrengend zu Fuß zu gehen«, sagte Steinar.
»Ich finde es langweilig zu schlafen«, sagte Loa.

Am nächsten Tag ging alles auf die gleiche Weise vor sich. Die Kinder flogen und schwebten und lachten, aber als die Sonne unterging, wurden alle entsetzlich verdrießlich und jeder saß schweigsam in seiner Ecke und wartete darauf, dass die Sonne zurückkam. Keiner hatte Lust, schlafen zu gehen, weil die Wirklichkeit am Tag so viel toller geworden war als die Träume in der Nacht.

Schließlich beschlossen die Kinder, hinunter zum Schwarzen Strand zu gehen und Gaudi zu fragen, ob es nicht möglich sei, den Schmetterlingsstaub auch nachts wirken zu lassen. Es war sehr früh am Morgen und die Sonne war kaum aufgegangen. Riesen-Gaudi schlief unter einer Wolldecke auf einem Liegestuhl am Strand. Er hatte Schlaf in den Augen. Er hatte Haare auf den Zehen. Er gähnte, als die Kinder ihn aufweckten. 
»Gähn«, gähnte er. »Was wollt ihr denn?«
»Es ist so langweilig nachts«, klagten die Kinder.
Riesen-Gaudi war verständnisvoll.
»Findet ihr die Träume in der Nacht langweilig?«
»Ja, es ist so verdammt öde und langweilig zu schlafen. Wir wollen auch nachts fliegen. Du weißt doch bestimmt Rat.«
Riesen-Gaudi dachte nach, war in Gedanken versunken und wälzte sein Hirn so sehr, dass er sich fast den Kopf zerbrochen hätte.
»Ich könnte das hinkriegen und das kostet gar nicht viel.«
»Hurra! Hurra!«, riefen die Kinder. »Riesen-Gaudi weiß alles am besten! Was kostet das?«

»Eigentlich gar nichts, aber sogar noch viel weniger.«
»Wie wenig?«
»Vielleicht ein klein wenig Jugend.«
»Jugend?«
»In euren Herzen ist ein endlos tiefer Brunnen, der die Seele wässert, und der ist randvoll mit Jugend.«
»Willst du die Jugend haben?«
»Nein, nein, nicht die ganze, nur ganz wenig. Weniger als ein Prozent von der Gesamtjugend, weniger als einen Schluck aus einem Glas.«
»Und verändern wir uns dann nicht?«
»Eigentlich gar nicht, ihr schrumpft nicht und wachst auch nicht.«
»Ha, ha«, lachten die Kinder, »was macht das schon, ein bisschen weniger Jugend. Wir wollen mehr Spaß, wie sieht die Lösung aus?«
Gaudi setzte einen superklugen Gesichtsausdruck auf und zeigte ihnen eine Skizze und ein Diagramm.
»Am Mittag, wenn die Sonne am höchsten am Himmel steht, nehme ich einen großen Nagel und **nagle die Sonne** über eurer Insel am Himmel fest. Dann ist es immer Tag und immer hell, und ihr könnt endlos fliegen und fliegen, so lange ihr wollt, ohne zu schlafen.«
»Wow! Riesig«, sagten die Kinder einstimmig.
Alle warteten gespannt auf den Mittag. Da stand Riesen-Gaudi aus dem Liegestuhl auf. Er ging in sein Raumschiff und holte eine riesengroße Leiter, einen ungeheuer großen Hammer und einen wahnsinnig großen Nagel. Er stellte die Leiter auf, mit dem Ende an einen weißen Wolkenknäuel gelehnt. Riesen-Gaudi

setzte eine nachtschwarze Sonnenbrille auf, damit er nicht geblendet wurde. Er zog geblümte Topflappen über die Hände, um sich nicht an der Sonne zu verbrennen, kletterte mit dem Hammer und dem Nagel ganz weit hinauf in den blauen Himmel und schlug den Nagel in die Mitte der Sonne, sodass es auf der ganzen Welt dröhnte.

BAMM! BAMM! BAMM!

Goldene Sonnenfunken flogen überall herum und landeten mit großem Zischen und Puffen im Meer. Dann sprang Riesen-Gaudi herunter und schwebte an einem gestreiften Fallschirm sanft zu Boden.

»Jetzt verschwindet die Sonne nicht mehr, meine Kinder. Ihr braucht nie mehr Guten Tag oder Gute Nacht zu sagen. Jetzt regiert ewiger Tag auf eurer Insel.«

»Hurra! Hurra!«, riefen die Kinder, »jetzt ist für immer Tag. Riesen-Gaudi weiß für alles Rat.«

Es ist nicht übertrieben, so toll ging es bei den Kindern auf der Insel noch nie zu. Die Sonne stand immer ganz hoch am Himmel und bewegte sich nie, sie schien und schien, und niemand musste schlafen. Die Blumen schossen mit einem lauten Knall hervor und die Insel war wie ein Blumenmeer im Ozean. Zitronen wurden goldgelb. Äpfel wurden feuerrot. Bäume wurden froschgrün und wuchsen mit Krachen und Knarren und das Gras schoss so schnell, dass man es weit draußen im Meer noch rumpeln hörte.

Die Kinder konnten fliegen und fliegen und niemand wusste, wie die Zeit verging. Man sah keine Sterne am Himmel, sondern nur ununterbrochene Mittagssonne, und es war ein endloser Thrill, sodass es niemandem auch nur eine einzige Minute langweilig war. Alle waren vollkommen glücklich mit einem kitzelnden Kribbeln im Bauch, waren sonnengebräunt und hatten ein Lächeln im Gesicht.

Wolf, Wolf

Aber dann schob sich eine Wolke vor die Sonne. Zuerst nur eine kleine, aber dann kamen mehr und mehr, bis der Himmel vollkommen bewölkt und finster geworden war.

Dann gab es einen Platzregen. Die Kinder setzten sich unter Bäume, übelst gelaunt.
»Oh, ich kann Regen nicht ausstehen«, sagte Margret.
»Ich erst recht nicht«, sagte Rökkvi deprimiert.
»Man bekommt kein Kribbeln im Bauch bei Regen«, murmelte Brimir.

Die Kinder stapften durch Schlamm und Nässe hinunter an den Strand zu Riesen-Gaudi. Der lag unter dem gestreiften Fallschirm und benutzte ihn als Regenschirm.
»Es ist absolut unzumutbar, dass sich einfach so Wolken vor die Sonne schieben, wenn man unschuldig dahinfliegt. Es ist auch extrem gefährlich, man könnte ungebremst abstürzen und auf der Erde zerschmettern!«, sagte Hülda total wütend.
»Ja, das ist wahr. Es geht nicht, dass es einen so unkontrollierten

Regen gibt, der alle überrascht. Der Regen ist ätzend!«
»Nieder mit dem Regen! Nieder mit dem Regen!«
Riesen-Gaudi dachte lange und gründlich nach.
»Ich denke, dass ich das regeln könnte, meine Kinder. Und das würde auch nicht viel kosten.«
Die Laune der Kinder besserte sich.
»Wie?«
»Schaut euch die Wolken am Himmel an.«
Alle schauten auf den Boden.
»Schaut die Wolken an, habt euch nicht so.«
»Aber sie sind so super öde, dass wir keine Lust haben, sie länger anzuglotzen«, sagte Brimir. »Wir wollen fliegen, das ist spannend!«
»Aber wie schauen denn die Wolken aus?«
Die Kinder gafften uninteressiert hinauf in den Himmel.
»Sag du uns das lieber. Wir haben keine Lust, Wolkenformationen anzuschauen. Wir wollen über den Wolken fliegen!«
»Soll ich euch sagen, was ich finde?«, fragte Riesen-Gaudi. »Ich finde, dass die Wolken wie kleine Lämmer aussehen, die hierher gekommen sind, um euch vollzupinkeln.«
Riesen-Gaudi lachte schallend.
»Ujuj, was sind das für blöde Lämmer«, sagten die Kinder. »Zum Glück kacken sie nicht auch noch.«
»Aber wie wird man diese blöden Lämmer wieder los?«, fragte Gaudi.
»Man jagt sie weg«, sagte Hülda und grinste.
»Und wovor haben Lämmer Angst?«
»Vor großen, bösen Wölfen!«, rief Brimir.
»Richtig!«

Riesen-Gaudi nahm eine große, dicke Zigarre aus der Gesäßtasche und zündete sie an. Er zog und blies, zog und blies, hustete und blies, und es kam ein furchtbarer Rauch aus seinem Mund und seiner Nase. Die Nase rauchte wie ein Fabrikschornstein. Der Mund war wie ein Auspuffrohr. Der Rauch stieg hinauf in den Himmel und bildete dort eine schwarze und finstere Wolke. Die Wolke wurde größer und größer und wurde hässlicher und hässlicher. Als die Zigarre verbrannt war, schaute Riesen-Gaudi stolz hinauf zum Himmel.

»Na, wie gefällt euch das?«, fragte er.
»Die hässliche, schwarze Wolke?«, fragten die Kinder.
»Wie gefällt euch der Wolf?«
Die Kinder schauten erstaunt hinauf zum Himmel und sahen, dass die schwarze Wolke aussah wie ein großer, böser Wolf. Riesen-Gaudi gestikulierte mit den Armen und rief:

»Wolf, Wolf, knurr und beiss die Lämmer, die auf die Kinder pinkeln! Wolf, Wolf, knurr und beiss die Lämmer, die auf die Kinder ihren Schatten werfen!«

Vom Himmel hörten sie das schrecklichste Knurren, das sie jemals gehört hatten. Ein Knurren wie tausend Donner, und aus den Augen und dem Maul des Wolfes schossen Blitze. Der Wolf jagte los, den Himmel entlang, und verschlang einige Lämmerwolken mit einem Biss.

Die Wolken flohen in alle Richtungen und versteckten sich hinter dem Horizont, sodass der Himmel wieder klar und blau wurde. Danach sah man keine einzige Wolke, außer der schwarzen, die wie ein Wolf den Horizont entlangrannte und aufpasste, dass ihn keine Wolke überquerte.

»Hurra!«, riefen die Kinder. »Wenn Riesen-Gaudi uns nicht zu Hilfe gekommen wäre, wären wir sicherlich vor Langeweile im Regen gestorben.«
»Ist der Wolf gefährlich?«, fragte Hülda.
»Nicht, so lange ihr nicht blökend und in einem weißen Wollpulli wie pelzige Lämmchen am Himmel herumfliegt.«
»Könnte er die Sonne verschlingen?«
Riesen-Gaudi beantwortete die Frage nicht.
»Wa... was kostet, kostet der Wolf?«, fragte Brimir leise.
»Ach, eigentlich gar nichts«, sagte Riesen-Gaudi, »vielleicht noch etwas Jugend.«
»Brauchst du noch mehr Jugend?«

»Mir fehlt noch ein zusätzlicher Tropfen, kaum erwähnenswert. Weniger als zehn Prozent der verwertbaren Jugend.«
»Wir verstehen dieses Prozent nicht ganz.«
»Wie sammelst du die Jugend?«, fragte Oli der Weise.
»Wollt ihr euch wirklich langweiligen Staubsaugertechnikkram anhören?«, fragte Riesen-Gaudi. »Ihr braucht das nicht zu verstehen. Seht ihr nicht, dass die Sonne scheint und der Himmel klar und blau ist?«
»Hurra!«, riefen die Kinder und flogen weg.
Sie stiegen immer höher und höher und sahen nur noch aus wie kleine schwarze Punkte am wolkenlosen Himmel. Über die ganze Insel erschallte ihr Lachen, übertönte die Schreie der Küstenseeschwalben und das Heulen der Möwen. Man konnte ihre Rufe hören, wenn ihnen etwas Neues oder etwas Merkwürdiges begegnete, oder ihre Freudenschreie, wenn sie Früchte probierten, die an himmelhohen Bäumen wuchsen, zu denen sie nie und nimmer hinaufgekommen wären, hätte ihnen Riesen-Gaudi nicht das Fliegen beigebracht. Blumendüfte erfüllten die Luft. Aber plötzlich wurde mit dem Wind ein seltsamer Geruch herbeigetragen. Wohin die Kinder auch flogen, überall war ein abscheulicher Gestank.

Der mysteriöse Gestank

»Was ist denn das für ein Gestank, Kinder?«, rief Riesen-Gaudi von dort, wo er am Strand saß. Er triefte vor Sonnenöl und schlürfte ein Erfrischungsgetränk zur Abkühlung.

»Was für ein Gestank?«, fragten die Kinder unschuldig.

»Das riecht nicht nach Schwefel, sondern nach einer Mischung aus Scheiße und Schweißfüßen«, sagte Riesen-Gaudi und verzog das Gesicht. »Hat irgendwer gefurzt?«

Die Kinder schauten rings um sich.

»Ach, jetzt weiß ich«, sagte Rökkvi. »Es ist Furzzeit bei den Nilpferden.«

»Und die Zebras lüften ihre Füße genau zu dieser Jahreszeit«, ergänzte Brimir.

»Wollt ihr mich etwa verulken, Kinder? Das ist ja nicht auszuhalten hier.«

Riesen-Gaudi bespritzte sich mit Rasierwasser, das so intensiv roch, dass die Fliegen um ihn herum abstürzten.

Es gab ein langes Schweigen.

Dann sagte Margret, während sie wie eine Biene um einen blühenden Kirschbaum flog: »Wir haben dich tatsächlich beschwindelt. Es ist so blöde, sich in der Wasserfallgischt zu waschen, dass wir keine Lust mehr dazu haben.«

»Der Schmetterlingsstaub könnte von uns heruntergewaschen werden«, sagten die anderen. »Deshalb haben wir Angst, baden zu gehen.«

»Erstickt ihr nicht bei dem Gestank?«, fragte Riesen-Gaudi und hielt sich die Nase zu.

»Wenn wir schnell genug fliegen, weht der Wind den Gestank weg«, sagte Margret und schoss davon.
»Ach, meine Kinder, es ist doch das kleinste Problem auf der Welt, das mit dem Gestank zu regeln.«
»Hast du dafür auch eine Lösung?«
»Ich habe für alles eine Lösung«, sagte Riesen-Gaudi. »Folgt mir zum Schönen Wasserfall.«
Die Kinder glitten durch die Luft in Richtung des Schönen Wasserfalls und schwebten über ihm wie ein Möwenschwarm, aber Riesen-Gaudi ging die Stufen entlang, die zum Wasserfall führten, der mit großem Getöse in die Schlucht hinabfiel.
Als die Sonne durch die Wasserfallgischt schien, entstand dort ein großer, schöner Regenbogen. Die Kinder hielten den Atem an, als sie die Kraft des Wasserfalls spürten. Das Getöse war so laut, dass es schwierig war, ein gesprochenes Wort zu verstehen.
»Seht nur, wie traurig das ist, Kinder«, rief Riesen-Gaudi und schaute in die bodenlose Schlucht hinab.
»Was?«, riefen die Kinder.
»Da fließt der ganze Wasserfall einfach vor sich hin, total sinnlos.«
»Aber er ist schön«, schrie Margret.
»Das ist kindische Zeitverschwendung, einen Wasserfall anzugaffen. Passt nur gut auf!«
Riesen-Gaudi krempelte die Ärmel hoch und nahm einen Hammer in die Hand. Er schlug den Regenbogen in der Schlucht hin und her und formte aus ihm eine kleine Kugel. Dann verrührte er diese mit der Wasserfallgischt und dem Getöse, sodass daraus ein brauner Brei wurde, den er in eine Spraydose hineindrückte. Regenbogenlos, getöselos und gischtlos tropfte der Wasserfall kraftlos in die Schlucht hinab. Wie Rotze.

»Was hast du gemacht?«, flüsterten die Kinder und horchten in die Stille.

»Ich habe aus dem Getöse, der Wasserfallgischt und dem Regenbogen ein Zauberspray hergestellt, damit ihr euch nie wieder waschen müsst«, sagte Riesen-Gaudi und schüttelte die Dose, bevor er das Spray über die Kinder sprühte.

»Zauberspray?«

»Das ist das Antihaft-Zauberspray, das Verunreinigungen abstößt. Das Spray macht euch so glatt, dass sich Schmutz oder

Dreck nie wieder an euch absetzen können.«
»Werden wir dann nie wieder nach Scheiße riechen?«
»Nicht, solange ihr antihaftbeschichtet seid.«
»Brauchen wir uns nie wieder in der Wasserfallgischt zu waschen?«
»Probiert es aus und legt euch in den Schmutz«, sagte Riesen-Gaudi.
Die Kinder wälzten sich am Boden, aber der Schmutz fiel sofort von ihnen ab. Die Kinder bewarfen sich mit dem Ekelhaftesten, was sie finden konnten: Dreck mit Hundescheiße, verschimmelten Bananen, toten Fliegen und Tigerpisse. Es passierte genau das Gleiche. Der Schmutz fiel von ihnen ab. Sie waren blitzblank an den Händen, unter den Nägeln, am Hintern und hinter den Ohren. Sie waren so sauber, dass sie nicht einmal mehr nach Schweißfüßen rochen.

»Dank dem großartigen Antihaft-Zauberspray seid ihr so glatt geworden, dass ihr euch nicht einmal mehr an den Händen halten oder umarmen könnt«, sagte Riesen-Gaudi und lächelte. Seine Zähne waren weiß und gerade wie eine Reihe Zuckerwürfel.

Die Kinder versuchten einander anzufassen, aber sie fanden keinen Halt, sie waren glitschiger als Lachse, glatter als Aale. Sie versuchten sich zu umarmen, aber wie fest sie einander auch drückten, keiner konnte den anderen festhalten. Die Kinder lachten schallend, weil sie immer noch fliegen konnten. Der Schmetterlingsstaub war nämlich unter dem Zauberspray.
»Wow, du bist nicht nur der tollste Mann auf der Welt, sondern sicherlich auch der klügste«, sagte Brimir.
»Was kostet das Antihaft-Zauberspray?«
»Tss, nicht viel, noch ein kleines Stück mehr von der Jugend.«

»Nur einige Prozente?«, fragten die Kinder.
»Ja, nur noch ein paar Prozente mehr.«

Die Kinder sahen ein, dass es wirklich nicht zu teuer war, ein wenig Jugend aus dem bodenlosen Brunnen dafür zu zahlen, wenn man davon befreit wurde, sich in der kalten Wasserfallgischt zu baden.
»Ein Hoch auf Riesen-Gaudi!«
Die Kinder tanzten über den blauen Himmel. Nun war zum ersten Mal alles perfekt. Sie konnten fliegen, wie es ihnen gefiel, die Sonne schien den ganzen Tag, der Himmel war klar und blau und sie waren mit Antihaft-Zauberspray beschichtet, das sie glänzend, glatt und rein hielt.
»So, und jetzt seid ihr auch bereit für das Wettfliegen des Jahrhunderts!«, rief Riesen-Gaudi. »Mehr Tempo! Mehr Spannung! Mehr Power!«

»Hurra!«, riefen die Kinder. »Jetzt geht's los!«

Riesen-Gaudi nahm ein Megafon und schrie:
»Es beginnt das große Wettfliegen. Jetzt finden wir endlich heraus, wer der Beste auf der Insel ist!«
Die Kinder schauten Riesen-Gaudi verwundert an.
»Aber jeder ist bei irgendwas der Beste.«
»Aber der Beste beim Fliegen ist der Beste von allen. Und deshalb auf zum Superflugwettkampf!«
»Ich bin mit Hülda in einer Mannschaft«, sagte Brimir.
»Nein, nein, das ist langweilig, wenn welche zusammen eine Mannschaft machen«, sagte Riesen-Gaudi. »Machen wir es lieber so: jeder gegen jeden. Wer am höchsten fliegt, ist der Allerbeste! Los!«

Die Kinder schossen mit Geschrei und Getöse hinauf. Margret und Rökkvi waren gleichauf an erster Stelle und schossen wie Düsenjäger gerade hinauf in den Himmel. Aber da kam ein schwarzweißer, kreischender Küstenseeschwalbenschwarm, pickte auf sie ein und zog sie mit sich zur Erde zurück. Da lag Oli der Weise in Führung, aber er hatte einen Zusammenstoß mit einem Schwarm Gänse im V-Flug und stürzte mit ihnen zum Boden hinunter. Loa bekam Angst und gab auf. Bald waren Brimir und Hülda bei weitem am allerhöchsten.
Ich muss höher kommen, dachte Brimir und kam mit Mühe und Not etwas höher als Hülda. Sie waren die Einzigen, die beim Wettkampf noch übrig waren, und schwebten in gewaltigen Höhen. Das Land unter ihnen schien winzig klein zu sein und die Kinder auf dem Land waren nicht einmal mehr kleine Punkte,

sondern die Seen und Wälder waren jetzt kleine blaue und grüne Punkte geworden.
Sie flogen höher als die pickende Küstenseeschwalbe, höher als der schwebende Basstölpel, höher als die Schwäne im V-Flug und schließlich auch höher als der Adler im Aufwind.
Sie waren so hoch geflogen, wie es der Schmetterlingsstaub zuließ, und sie wären millimetergenau gleichauf gewesen, wenn das Haar von Brimir nicht nach oben abgestanden hätte.

»Ha, ha! Gewonnen! Du hast verloren!«,
rief Brimir triumphierend.
Hülda wurde dunkelrot.
»Das Haar zählt nicht mit.«
»Doch. Schlechte Verliererin!«
»Ich wünschte mir, ich wäre viel höher als du«, rief Hülda.

Aber Hülda hatte vergessen, dass sie den wunderschönen Wunschstein von Brimir hatte. Während sie das sagte, verwandelte sich der Stein in einen gewöhnlichen Kiesel und Hülda schoss weit hinauf in den Himmel. Brimir gelang es, sich an ihrem Gürtel festzuhalten, und so schossen sie beide noch höher hinauf.

»Blödmann! Ich habe gewonnen, ich bin der Beste!«, rief Brimir.
»Nein, lass los, ich habe gewonnen!«
Brimir biss Hülda fest in ihren Fuß und sie riss ihm ein großes Haarbüschel aus. So rauften sie oben in den höchsten Höhen, während die Kraft aus dem Wunschstein sie immer weiter und weiter nach oben jagte.
»Bescheißerin! Du hast den Wunschstein kaputtgemacht!«
»Idiot, ich durfte mir wünschen, was ich wollte.«

Brimir und Hülda waren gefährlich weit oben in der Luft. Wenn ein Windstoß sie nicht zur Seite gestoßen hätte, wären sie sicherlich im Weltall verschollen oder hätten ein Loch in die Ozonschicht gemacht und sich an der Sonne verbrannt. Der Windstoß fegte sie sehr weit weg. Sie flogen über hohe Berge und enge Schluchten und schließlich weit hinaus ins offene Meer. Aber Brimir und Hülda bemerkten nichts, weil sie sich stritten und zankten und beschimpften, bissen, balgten und schlugen. Erst viel später schauten sie hinunter und bemerkten, dass man die Insel nicht mehr sehen konnte. Unter ihnen war nichts, außer einem endlosen, unendlich tiefen Meer mit Walen und Haifischen, und in der Ferne schimmerten unbekannte Berge, Täler und Wolken.
»Schau nur, was du getan hast«, rief Brimir. »Jetzt sind wir ganz weit weggeweht worden.«

»Weg? Wo ist dieser Weg?«
»Ach, sei ruhig Hülda!«
»Ach, sei doch selbst ruhig, Brimir, du Langweiler«, sagte Hülda. »Das hast du davon, dass du dich an mir festgehalten hast.«
»Das habe ich davon, dass ich dir den Wunschstein gegeben habe.«
Die Kinder schwiegen und flogen noch weiter. Sie flogen so weit weg von der festgenagelten Sonne, dass diese zu einem roten Punkt über dem Meeresspiegel im Westen wurde.

»Schau!«, sagte Brimir plötzlich.
»Was?«, fragte Hülda beleidigt.
»Die Sonne geht unter.«
»Ja und?«
»Ich hatte ganz vergessen, wie schön der Sonnenuntergang ist«, sagte Brimir.

Hülda sagte nichts, aber Brimir sah, wie sie den Sonnenuntergang ansah, wie er sich in ihren Augen spiegelte. Aber die Kraft des Schmetterlingsstaubs wirkt nur in der Sonne, und sie waren auf die andere Seite des Planeten geweht worden. Dort war es stockfinster, weil die Sonne nur auf einer Seite des Planeten auf einmal scheinen kann. In der Dunkelheit lag ein Land mit Wäldern und Seen.

»Oh nein, wir stürzen ab!«, rief Brimir.
»Ich will nicht sterben!«, weinte Hülda.

Sie stürzten ab. Der Wind schoss durch ihre Haare. Das Land näherte sich mit zunehmender Geschwindigkeit. Sie waren jetzt tiefer als der Adler im Aufwind, tiefer als Schwäne im V-Flug und tiefer als der schwebende Basstölpel. Sie waren jetzt so tief unten, dass sie hart auf dem Boden aufschlugen

Böse Bäume, klirrende Kälte

Im düsteren Wald hörte man aus einem Busch einen schwachen Laut.

»Hülda! Hülda! Bist du in Ordnung?«

Brimir tastete um sich herum.

»Hülda, wo bist du?«

»Ich bin hier, Brimir.«

Ihre Stimme erzeugte ein Echo in der Dunkelheit. Als sich seine Augen an die Dunkelheit gewöhnt hatten, sah Brimir, dass Hülda in einem Baum hing.

»Soll ich dir runterhelfen?«, fragte Brimir.

»Ich kann das selbst. Lass mich.«

Man hörte ein lautes Krachen, als Hülda aus dem Baum fiel. Brimir beugte sich über sie.

»Ist alles in Ordnung?«

»Lass mich, das war der leichteste Weg nach unten.«

Brimir schwieg, sah aber, dass Hülda sich verletzt hatte. Sie waren in einem Wald, doch die Bäume waren blattlos. Wind schoss in die nackten Äste. Der Himmel war dicht bewölkt.

»Was sollen wir tun?«, fragte Brimir, »wir sind in der Wildnis verschollen.«

»Wir? Willst du mich verfolgen? Ich brauch dich nicht.«
Brimir schwieg und schaute Hülda traurig an.
»Aber wir finden niemals den richtigen Weg in dieser Dunkelheit«, sagte Brimir.
»Ich werde auf den Morgen warten«, sagte Hülda, »ich kann heimfliegen, wenn die Sonne scheint.«
Hülda setzte sich unter einen Baum und verteilte einen Haufen verwelkter Blätter über sich.
Brimir ging mit schweren Schritten zu einem anderen Baum, er rieb zwei kleine Holzstäbchen aneinander und machte ein kleines Feuer mit trockenem Reisig. Im Schein sah er, dass Hülda vor Kälte zitterte.
»Willst du dich an meinem Feuer wärmen, Hülda?«
Sie antwortete nicht.

So saßen sie da und warteten auf den Morgen. Hülda zitterte und Brimir saß am Feuer. Die Nacht war unglaublich lang. Brimir war furchtbar hungrig, aber er fand keine Früchte in den Bäumen und sah auch nirgends irgendein Tier. Er schlief vollkommen erschöpft ein.

Als Brimir aufwachte, war die Sonne immer noch nicht aufgegangen. Trotzdem hatte er ausgeschlafen. Er dachte eine Weile nach und bekam plötzlich einen Riesenschreck.
»Hülda!«
»Was denn schon wieder, du Langweiler?«
»Ich glaube, dass die Sonne gar nicht aufgeht«, sagte Brimir traurig.
»Du bist ein schrecklicher Pessimist. Natürlich geht die Sonne auf.«

»Erinnere dich, wir haben Riesen-Gaudi die Sonne über unserer Insel festmachen lassen, damit dort ewiger Tag ist.«

»Oh nein«, sagte Hülda, »und jetzt sind wir etwa auf der anderen Seite des Planeten in der endlosen Nacht?«

»Dann müssen wir den ganzen Weg nach Hause zu Fuß zurückgehen.«

»Denkst du nicht, dass Riesen-Gaudi uns rettet? Er hilft immer und die Kinder werden Angst um uns haben.«

Brimir und Hülda warteten noch länger, sie schliefen einige Male ein und wachten wieder auf, aber die Dunkelheit war immer gleich schwarz und keiner kam, um sie zu retten. Ihre Mägen knurrten im Chor.

»Sie haben uns vergessen.«

»Sie haben vielleicht dich vergessen, aber mich nicht«, sagte Hülda hochnäsig.

»Aber es ist immer Mittag daheim auf der Insel. Sie wissen nicht, wie lange wir schon verschollen sind.«

»Sie müssen bald kommen, ich werde warten.«

»Ich werde gleich aufbrechen«, sagte Brimir.

»Dann geh! Mir ist das egal.«

Brimir machte sich auf in den Wald. Hülda blieb alleine sitzen.

»Warte, Brimir!«

»Willst du mich begleiten?«

»Nein, ich werde hinter dir hergehen, sodass die wilden Tiere dich zuerst fressen.«

Brimir antwortete ihr nicht, aber Hülda ging in einiger Entfernung hinter ihm. Sie stachen sich an Disteln und stolperten über umgefallene Baumstämme. In der Dunkelheit sahen die Bäume aus wie Trolle und Ungeheuer und die Äste waren lange,

krumme Arme, die sich nach ihnen ausstreckten. Es war, als wollten die Bäume die Kinder nicht aus dem Wald herauslassen. Manchmal krachten und knarrten sie. Es war, als könnten sie sprechen:

»Knarzerbrechen Brimir bröselt birst bricht Brimir zerbrechen zerbröseln zerbröckzt.«

»Oh«, sagte Brimir. »Das ist wie im schlimmsten Albtraum.«

Manchmal heulte der Wind so durch die Bäume, dass man im Wald gespenstische Geräusche hörte.

»Hüü hiiiii hüüüüldaaa hüüüüldaaa huuu hiiii haaaaben hüülda haaaalten hüüüldaaa hihihiiii im waaaaald.«

»Brimir!«
Hülda hatte geschrieen.
Brimir blieb stehen.
»Was?«
»Wir sollten eines tun, bevor wir weitergehen«, sagte Hülda.
»Und was?«, fragte Brimir kurz angebunden.
»Wir sollten wieder Freunde sein, sonst kommen wir nie heim.«
Brimir versuchte, Hülda anzuschauen, aber er sah nichts in der Dunkelheit. Nichts außer einer kleinen Träne, die in ihrem Auge glänzte.
»Ja, meine allerliebste Freundin, wir sollten wieder Freunde sein«, sagte Brimir.
»Oh, Brimir, mein bester Freund. Es tut mir leid, dass ich so blöde zu dir war.«
Brimir wollte Hülda umarmen, aber es gelang nicht, sie waren so glatt vom Antihaft-Zauberspray.
Die Kinder schlichen durch den Wald. Sie zitterten zwar noch mehr vor Angst und Kälte und ihre Mägen knurrten vor Hunger, aber ihre Herzen waren wieder heiß geworden durch ihre Freundschaft.
Sie waren nicht sehr weit gegangen, als sie hinter sich ein böses Knurren hörten. Brimir drehte sich um und sah direkt in das Maul eines großen Braunbären. Seine Zähne waren spitzer als Eiszapfen.

Der böse Bär

Brimir und Hülda waren starr vor Schreck. Der Bär kam brüllend auf sie zu. Schließlich konnte Hülda noch hervorstammeln:
»Friss uns nicht, Bär. Wir sind kleine, unschuldige Kinder.«
»Ich habe keinen Bissen gefressen, seit die Sonne verschwunden ist, und jetzt werde ich euch fressen, mit Haut und Haaren und Riesenappetit«, knurrte der Bär.
»Brimir! Das ist unser Ende!«
Die Kinder schlossen die Augen und der Bär stupste mit seiner Schnauze in ihre Bäuche und schnüffelte.
»Schnuff, schnuff.« Er knurrte ein wenig, schnupperte weiter und brüllte. »Ihr seid gar keine Kinder, was ist denn das für ein Blödsinn?«

»Wa… was meinst du?«, fragte Brimir.
»Ihr seid nicht einmal Menschen«, sagte der Bär und verzog das Gesicht. »Ihr seid irgendwelches ungenießbares Zeug.«
Hülda wurde feuerrot im Gesicht.
»Was soll der Quatsch!«

»Ihr habt überhaupt keinen Kindergeruch an euch, ihr riecht nur ein bisschen nach Schmetterling. Ihr seid allenfalls unechte Kinder oder Gespenster«, sagte der Bär und schaute plötzlich rings um sich. Sein Fell sträubte sich, als er an Gespenster dachte.
»Wir sind nicht unecht und wir sind keine Gespenster, wir sind richtige Kinder!«, rief Hülda furchtbar wütend.
»Seid ihr nicht«, brüllte der Bär. »Ich kenne den Geruch von leckerem Kinderfleisch und ihr seid auch keine Schmetterlinge, weil die bunt sind wie ein Regenbogen und hinter der Sonne herfliegen, einmal im Jahr. Dann verlieben sich alle Bären, weil der Schmetterlingsflug das Schönste auf der Welt ist.« Der Bär drehte sich mit einer traurigen Miene um und verschwand im Wald.
»Wir sind Kinder, wir können das beweisen, du kannst uns sofort auffressen!«, rief Hülda schrecklich wütend hinter ihm her.
»Hör auf Hülda! Willst du, dass der Bär uns frisst?«

»Wir sind ganz sicher Kinder! Wir sind ganz sicher Kinder!«, schrie Hülda in die Dunkelheit hinein.

»Wir sind ganz sicher Kinder. Wir sind ganz sicher Kinder«, antwortete die Dunkelheit.

Hülda setzte sich auf einen Stein und fing an zu weinen.
»Weine nicht, meine Hülda. Wir sind dem Bären lebend entkommen.«
»Nein, wir sind tot. Wir sind gestorben, als wir abgestürzt sind.«
»Stell dich nicht so an, wir sind quicklebendig«, sagte Brimir aufmunternd und versuchte sicherheitshalber, seinen Herzschlag zu fühlen.

»Hast du nicht gehört, was der Bär gesagt hat? Er sagte, dass wir keine Kinder seien, sondern Gespenster, und deswegen wollte er uns nicht fressen. Hast du jemals von einem Bären gehört, der keine Kinder frisst?«

»Hülda, verstehst du nicht? Wir sind davongekommen, weil wir den Schmetterlingsstaub auf den Armen haben und weil wir mit dem Antihaft-Zauberspray beschichtet sind, das uns so blitzblank macht, dass man nichts von uns riecht außer ein bisschen Schmetterlingsgeruch.«
Hülda wischte sich die Tränen ab.
»Also hat Riesen-Gaudi unser Leben gerettet. Er hat uns beschichtet und so dem Braunbären den Appetit verdorben.«
»Ja, genau«, sagte Brimir, »der Riesen-Gaudi richtet nämlich immer alles.«
Die Kinder gingen weiter durch den dunklen Wald mit den nackten Ästen. Aber sie waren nicht weit gekommen, als sie wieder das Echo hörten.

»Wir sind ganz sicher Kinder. Wir sind ganz sicher Kinder hahahahaha!!!«

»Das war aber ein extrem verzögertes Echo«, sagte Brimir.
»Das war kein Echo«, sagte Hülda und lauschte sorgfältig.
Man hörte es jetzt aus allen Richtungen und es näherte sich.

⸎ Haarige Spinnen und giftige Achtfüssler ⸎

»Wir sind ganz sicher Kinder. Wir sind ganz sicher Kinder ha ha ha ha ha !!!!«

Brimir und Hülda spitzten die Ohren.

»Wer äfft uns da nach?«, rief Hülda hinaus in die Dunkelheit.

»Wer äfft nach? Wer äfft nach? Wer äfft nach?«, antwortete die Dunkelheit.

Die Kinder spähten in den düsteren Wald hinein, zwischen die Baumstämme, und sie hörten einen schwachen Gesang.

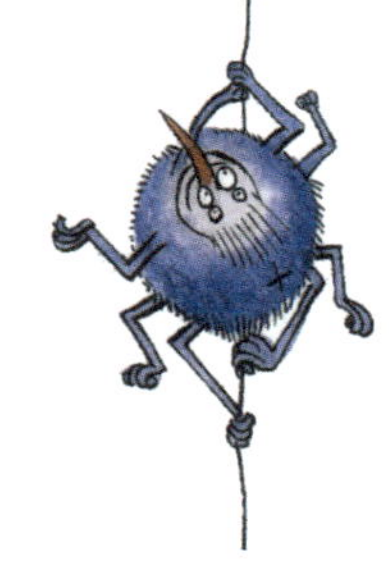

Achtbein, Fliegenfresser,
Flinkflitzer und Larvenschlitzer,
spinnt und spinnt.
Spinnenwolf, böser Weber,
Klauenfratze, Giftschleimer,
spinnt und spinnt
Gewebtes im Wind,
riecht ihr schon
den Schmetterlingsduft?

»Schau, das Netz«, sagte Brimir und deutete auf ein großes Spinnennetz, das zwischen den Baumstämmen gespannt war.

»Und dort auch«, sagte Hülda.

»Über uns auch!«

Hört, wie die Kinder die Stimmen erheben.
Auf! Lasst uns ihnen das Schicksalsnetz weben.

Eine haarige Spinne ließ sich aus dem höchsten Baum herunter und hing direkt vor ihnen an ihrem Faden.

»Hallo Essen, ich heiße Achtbein und ich werde euch fressen.«

Brimir erinnerte sich an das, was der Bär gesagt hatte, und sagte schnell:

»Wir sind kein Fressen, wir sind ungenießbar, riecht ihr nicht den Schmetterlingsgeruch?«

»Doch, wir riechen natürlich den Schmetterlingsgeruch«, kicherte Achtbein, »Schmetterlinge sind ein Festmahl.«

»Ssst, Brimir«, flüsterte Hülda. »Wir sind Kinder, Spinnen fressen Schmetterlinge und keine Kinder.«

»Nein, ich habe das durcheinander gebracht, Achtbein. Wir sind Kinder und Spinnen fressen keine Kinder.«

Die Spinne lachte schallend.

»Heiho, heiho.«

Brimir wollte weitergehen und schimpfte:

»Hau ab, hässliche Spinne! Du kannst keine Kinder fressen. Also, versuch nicht, uns zu erschrecken.«

Die Spinne wackelte fröhlich mit ihren Beinen.

»Früher haben wir nur Fliegen und Käfer gefressen und haben unsere Netze nachts gesponnen. Aber jetzt ist die ganze Zeit Nacht und wir können größere Netze spinnen und Vögel und Eichhörnchen fressen und manchmal auch Affen. Das Leben war nie toller und wir waren nie fetter. Heiho.«

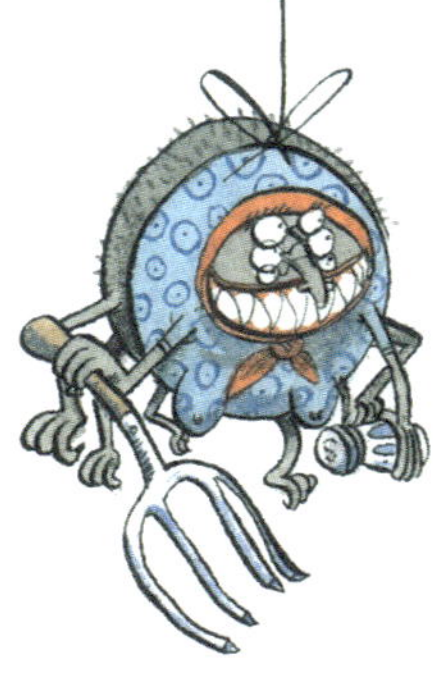

»Aber eine kleine Spinne kann doch kein Kind auffressen«, sagte Brimir.
»Aber eine Million Spinnen fressen Kinder mit dem größten Appetit!«, sagte Achtbein und lachte. Aus der Dunkelheit hörte man ein Lachen wie von einer Million Stimmen. Sie schauten in die Baumkronen und sahen Tausende von Spinnen mit behaarten Beinen, die sich zu ihnen herunterließen.

Spinnen und spinnen
Gewebtes in die Luft,
riechen schon
den Schmetterlingsduft.

»Weg hier!«, rief Brimir und sie rannten los.

Spinnen und wickeln,
weben und fesseln,
trinken vom Blut,
trinken vom roten Kinderblut.

»Berühr keine Spinnennetze«, rief Hülda, »da kommst du nie wieder raus.«
»Dort ist kein Netz!«, rief Brimir und sie liefen los.
Die Kinder rannten und rannten und waren so damit beschäftigt, um sich herum nach Netzen Ausschau zu halten, dass sie nicht bemerkten, dass direkt vor ihnen ein Netz hing. Das war mit Sicherheit das größte Netz, das jemals im Wald gewebt worden war, und sie steuerten geradewegs darauf zu.

Die Schmetterlingsungeheuer

»Brimir! Hast du gesehen, was passiert ist?«
»Hängen wir im Nest fest?«, fragte Brimir und öffnete vorsichtig die Augen.
Er drehte sich um und sah Reste des Netzes in den Bäumen hängen und ein Spinnenchor aus Millionen Stimmen schrie hinter ihnen her:
»Wir kriegen euch, früher oder später!!!«
»Riesen-Gaudi hat uns schon wieder gerettet!«, rief Brimir.
»Wie denn?«
»Durch Antihaft-Zauberspray sind wir so glatt, dass nichts an uns haften bleibt, nicht einmal das größte und stärkste Spinnennetz der Welt.«
»Ein Hoch auf Riesen-Gaudi, der an alles denkt!«
»Wir sollten uns beeilen, nach Hause zu kommen, und uns bei ihm bedanken.«
»Das wird schön, wenn wir heimkommen zum Strand, der Sonne und der Powerfliegerei.«
Brimir und Hülda setzten ihre Reise fort, durch dunkle Wälder und düstere Ebenen, auf der Suche nach ihrer hellen und tollen Insel.

Sie gingen über gefrorene Seen und durch tiefe Täler und wieder hinein in Wälder und über Ebenen. Manchmal knabberten sie Nüsse oder gruben Kartoffeln aus, aber oft gingen sie lange Zeit ohne etwas in den Magen zu bekommen. Manchmal kreuzte ein Löwe oder Tiger ihren Weg, aber die Tiere im Wald hatten keine Lust auf Kinder, die nicht wie leckere Kinder rochen, die aus weichem Fleisch und voller heißem Blut sind.
Die Tiere rochen an ihnen.
»Du bist kein Essen, du riechst wie ein Schmetterling«, sagte der Tiger, der Brimir verschlingen wollte.
»Du bist kein Essen, du bist glatt wie Metall«, sagte die Boa, die versuchte, Hülda zu zerquetschen.

Brimir und Hülda hatten vollkommen aufgehört, Angst vor den wilden Tieren zu haben. Nun hielten die wilden Tiere Ausschau, aber sie hatten Angst vor diesen ungenießbaren Kindern. Die wilden Tiere nannten sie Schmetterlingsungeheuer. Brimir und Hülda nützten das aus und gingen ruhig durch ganze Wolfsrudel hindurch und sahen die Angst in den Augen der wilden Tiere aufleuchten. Sie schliefen ohne Furcht in Bärenhöhlen oder schlichen sich an die Löwen an, um sie zu erschrecken.

Die Kinder kamen an eine Lichtung, auf der ein bösartiger Leopard gerade beginnen wollte, ein junges Schaf zu fressen. Hülda schlich sich von hinten an ihn an. Der Leopard witterte natürlich keinen Kindergeruch und konzentrierte sich auf das Schaf. Hülda schaffte es bis direkt hinter ihn und wäre fast vor Lachen geplatzt. Dann schrie sie los und zog den Leoparden am Schwanz.
»Bö! Bö! Ich bin ein Schmetterlingsungeheuer! Ich werde dich fressen!«

Der Leopard heulte erbärmlich auf und schoss davon, aber Brimir und Hülda lachten schallend und streichelten sich ihre leeren Bäuche, bevor sie das Lamm mit Haut und Haar aufaßen. Erquickt gingen sie weiter. Der Himmel war immer vollkommen bewölkt, sodass sie den Mond nicht beobachten oder den Weg nach den Sternen finden konnten. Manchmal schienen Sterne aufzuflackern, aber das waren dann Glühwürmchen, mit angeschalteten Irrlichtern. Nachteulen und Fledermäuse zerschnitten die Dunkelheit, ansonsten war es totenstill. Die Vögel waren weggeflogen, der Sonne hinterher. Die verlassenen Jungen piepsten in den Nestern.

Die Kinder waren lange gelaufen, aber sie hatten keine Vorstellung wie lange, weil sie ihre Zeit in Sonnentagen maßen und die Sonne nicht mehr über den Himmel wanderte.

Dann kam ein Platzregen. Tausend pelzige und lockige Lämmer pinkelten auf die Kinder. Sie suchten Schutz in einer großen Höhle und machten ein kleines Feuer mit trockenem Laub.
»Wir finden nie heim«, sagte Brimir traurig. »Und ich habe wieder Hunger.«
»Bei diesem Regen finden wir kein Essen.«
Sie schwiegen und schauten ins Feuer, bis Hülda eine Idee hatte.

Sie ging grinsend zum Höhleneingang und rief hinaus in die Dunkelheit:

»Löwe, wir wollen Fleisch, sofort!«

»Warum sollte ich euch Fleisch geben?«, knurrte der Löwe in der Dunkelheit.

»Sollen wir vielleicht lieber dich fressen?«, knurrte Hülda und zeigte ihre Zähne. »Du weißt ja nicht, wozu Schmetterlingsungeheuer in einem Wutanfall fähig sind!«

Der Löwe kam kurz darauf mit einem kleinen Rentier im Maul.

»Das war nicht besonders schwierig«, sagte Hülda und lächelte.

»Eine Beilage wäre großartig«, sagte Brimir.

»Maulwurf! Bring uns Kartoffeln!«, schrie Hülda.

»Und wenn nicht?«, hörte man es unter dem Waldboden murmeln.

»Dann fressen wir dich!« Hülda stampfte mit den Füßen.

Ein Haufen Kartoffeln kam aus dem Höhlenboden.

»Ich habe immer noch Hunger«, sagte Brimir, als sie mit dem Rentier und den Kartoffeln fertig waren.

»Bestell einfach etwas, in diesem Wald gibt es einen Lieferservice.«

»Marder! Wir wollen Fisch!«, rief Brimir.

»Ich bin beschäftigt«, antwortete der Marder in der Dunkelheit.

»Ich habe noch nie Marderfleisch probiert!«, rief Brimir und versuchte, zu knurren wie Hülda.

Kurz darauf erschien eine fette, zappelnde Forelle am Höhleneingang.
»Ich habe Durst«, stöhnte Brimir nach der Mahlzeit, »ich will Milch.«
»Wölfin, wir wollen Milch!«
Eine Wölfin kam und legte sich neben die Kinder. Sie schmiegten sich an das warme Fell und saugten die lauwarme Wolfsmilch aus den Zitzen. Sie schliefen und hatten Wolfsträume. Ein gelber Mond. Schwarze Dunkelheit. Rotes Blut.

❧ Die wildesten wilden Tiere ❧

Als Hülda und Brimir aufwachten, war die Wölfin weg und das Feuer erloschen. Die Dunkelheit war so dicht, dass man sie fast fühlen konnte. Stockfinsternis.

»Braunbären! Feuerholz!«, riefen die Kinder.

Die Braunbären kamen, alle hatten die Arme vollgeladen mit Klötzen und Holzstücken. Sie schichteten eine große Feuerstelle auf, die Brimir anzündete. Das Feuer leuchtete wie eine kleine Sonne und schien zur Höhlenöffnung hinaus.

»Vielleicht kann man im Feuerschein fliegen, wenn das Feuer groß genug ist«, sagte Hülda und starrte in die Flammen.

Brimirs Augen leuchteten.

»Braunbären! Mehr Feuerholz!«, rief er.

Die Bären legten einen ganzen Baum auf die Feuerstelle. Das Feuer loderte auf. Die Flammen wurden größer.

Und schließlich...

»Ich kann fliegen!«, rief Hülda. »HA HA HA!«

Die Kinder schwirrten wie Fliegen um das Feuer, verrückt vor Freude. Kreisumkreisumkreisumkreis. Flammen leckten am Höhlendach. Draußen peitschte der Regen. Blitze erleuchteten den Wald. Ein schreiender Schwarm Fledermäuse flog herum.

»Wir sind Wolfskinder! Wir sind schwarze Hummeln! Alle fürchten sich vor uns! Wir sind die wildesten wilden Tiere!«

Düstere Schatten flackerten an den Wänden.

»Spinnen und Seidenraupen! Wir wollen Kleider!«

»Warum sollten wir für euch weben?«

»Sonst zerschlitzen wir euch eure Netze! Wir sind Schmetterlingsungeheuer, die stärksten und bösesten wilden Tiere. Ihr müsst uns einfach gehorchen!«

Die Raupen spannen den feinsten Seidenfaden und die Spinnen webten daraus kostbare Kleidung in tausend Farben. Die Kinder setzten sich die Rentierhörner auf und flogen schreiend um das Feuer.

»Wir brauchen uns nicht zu beeilen, nach Hause zu kommen, hier ist es großartig.«

»Hyäne, wir sind hungrig!«

Die Hyäne gab ein hämisches Lachen von sich und machte sich auf in den Wald. Kurz darauf kam sie mit der Beute im Maul zurück und legte sie auf den Höhlenboden. Die Kinder schauten voller Schrecken auf den Fang.

»Das ist ein Kind!«

Das Kind lag bewegungslos auf dem Höhlenboden. Sein Gesicht war totenbleich. Es war ein Junge in der Größe Brimirs.

»Ist er tot?«, flüsterte Hülda.

»Hihihi«, kicherte die Hyäne, »ich dachte, dass ihr frisches Fleisch haben und ihn selbst umbringen wollt. Seid ihr nicht die wildesten wilden Tiere? Hihi.«

Die Hyäne rannte lachend davon.

Brimir rannte zum Jungen und beugte sich über ihn.

»Ist er verletzt?«

»Ich sehe kein Blut.«

»Was macht ein Kind allein in einem solchen dunklen und gefährlichen Wald?«, fragte Hülda entsetzt.

Brimir schaute Hülda an.

»Der Wald war nicht immer so schwarz. Bevor wir die Sonne über der Insel daheim festgemacht haben, war er sicherlich genauso wie unser Wald, abwechselnd hell- oder dunkelgrün im Sonnen- oder Mondschein.«

Brimir gab dem Jungen Wolfsmilch zu trinken. Er kam bald zu sich, war aber trotzdem immer noch schrecklich bleich im Gesicht.

»Wer seid ihr?«, fragte er und starrte sie an.

»Wir sind Brimir und Hülda.«

»Hat euch auch die Hyäne gefressen?«

»Nein, wir haben dich ihr weggenommen«, sagte Brimir.

Der Junge stand auf und putzte sich den Dreck und den Sabber des Tieres ab.

»Ich heiße Örvar. Danke, dass ihr mein Leben gerettet habt, aber jetzt muss ich schnell zu meinen Freunden. Die denken, dass ich tot bin.«

»Gibt es noch mehr Kinder im Wald?«

»Viel mehr als hundert. Sie versuchten, mich zu retten, aber die Hyäne war so bösartig.«

»Wie kommst du heim? In der Dunkelheit findet man den Weg nicht.«

»Ich weiß Rat«, sagte Örvar.

Örvar ging aus der Höhle und fing einige der leuchtenden Glühwürmchen, die wie Lichtfische in der Dunkelheit schwammen.

»Es ist, als würde er Sterne vom Himmel pflücken«, flüsterte Hülda.

Örvar ging mit den Glühwürmchen zur nächsten Eiche und tunkte sie ins klebrige Harz. Dann klebte er sie auf seine Stirn und sie warfen einen fahlblauen Schein hinaus in den Wald.

Brimir und Hülda folgten ihm.

»Kommt, diesen Weg, dort sind meine Freunde«, sagte Örvar, als man in der Ferne einen Lichtschein sehen konnte.

Die Glühwürmchen auf seiner Stirn summten und leuchteten. Seine Augen wirkten gespenstisch in diesem Licht. Die Zähne waren blau. Die Haut grünblau. Als sie über einen kleinen Hügel gestiegen waren, sahen sie, dass das Leuchten aus einem Einmachglas kam, das voller summender Glühwürmchen war. Es leuchtete so hell wie tausend Stirnlichter. Um den Krug herum saßen Wesen und summten seltsame Lieder.

»Bist du sicher, dass Örvar noch lebt?«, flüsterte Hülda, »er wirkt so gespenstisch.«
Örvar blieb stehen und drehte sich langsam um. Das Glühwürmchenlicht war so grell, dass sie die Augen zusammenkneifen mussten.
»Komm, Brimir. Komm, Hülda. Kommt, und trefft meine Freunde.«
»Wenn Örvar tot ist, dann sind seine Freunde Wiedergänger und Gespensterkinder«, flüsterte Hülda und ein Schauder kroch ihr über den Rücken.

»Kommt«, sagte Örvar und wollte sie hinter sich herziehen. Die geisterhaften Kinder sangen schöne Lieder von der Sonne und den Schmetterlingen. Sie sangen vom Sonnenaufgang und Sonnenuntergang, von Vögeln, Blumen und Früchten und vom Himmel, der manchmal blau oder weiß und manchmal rot oder voller glitzernder Sterne war. Sie sangen und trauerten um Örvar, der im Magen einer grausamen Hyäne gelandet war.
»Hört auf zu singen, ich bin hier«, rief Örvar. Der Gesang hörte auf. Die Wesen am Glühwürmchenlicht schauten auf.

»Das ist Örvar!«, riefen sie. »Örvar ist am Leben! Örvar ist am Leben!«
Die Kinder scharten sich um Örvar und umarmten ihn. Es waren sicher mehr als hundert.
»Oh! Örvar, unser allerliebster Freund, wir haben so sehr geweint«, sagte ein kleines Mädchen mit schwarzen Augen.
Brimir schaute zu Hülda und bekam feuchte Augen.
»So froh werden sie alle sein, wenn wir heimkommen.«
Sie hatten Örvar so viele Küsse gegeben, dass er sich das Gesicht abtrocknen musste.
»Das sind Brimir und Hülda«, sagte er. »Sie haben mich gerettet.«
»Hattet ihr keine Angst vor der Hyäne oder den Raubtieren im Wald?«
»Nein, das Antih…«, wollte Brimir erklären, doch Hülda fiel ihm ins Wort.
»Wir hatten schon schreckliche Angst.«

»Woher kommt ihr?«, fragten die Kinder.
»Wir kommen von einer Insel im großen Ozean, auf der anderen Seite des Planeten, und ich heiße Brimir.«
»Ein Hoch auf Brimir, den Retter!«
»Und ich bin Hülda.«
»Ein Hoch auf Hülda, die Heldin!«
»Seid ihr auf der Suche nach der Sonne?«, fragte ein dünner Junge.
»Habt ihr sie gesehen?«, fragte Brimir und seine Augen leuchteten.

»Das ist Ewigkeiten her. Eines Abends ging die Sonne unter, wie sie es jeden Tag seit einer Million Jahre getan hat, und seitdem weiß niemand, was aus ihr geworden ist.«
»Unser Wald stirbt und die Vögel sind weggeflogen und wir sitzen hier in der Kälte und singen Lieder über die Sonne und teilen uns die letzten Bissen Essen. Bald werden wir vor Hunger sterben.«

Brimir schaute zu Hülda. Als Riesen-Gaudi die Sonne über der Insel festnagelte, hatten sie vergessen, an die Kinder auf der anderen Seite des Planeten zu denken.
»Zuerst war es sehr schön, weil wir die ganze Zeit die Sterne und den Mond sahen, aber dann kamen immer mehr Wolken. Seitdem ist der Himmel mal kohlschwarz, mal aschgrau und wir sitzen hier am Feuer und denken an die Schmetterlinge, die nur in der Sonne fliegen können. Aber hier ist nie Sonne.«
Hülda und Brimir ließen verschämt den Kopf hängen. Als der Wolf die Wolken am Himmel über der Insel wegtrieb, da trieb er sie alle hierher.
»Ist es auf der anderen Seite des Planeten, wo ihr wohnt, auch

dunkel und kalt?«, fragte ein kleines Mädchen mit blondem Haar. Brimir wurde blass, er spürte, wie seine Beine zitterten, und ihm schnürte sich die Brust zu. Es war lange still, bis Brimir murmelte: »Nein, wir haben die Sonne nicht gesehen, in unserem Land ist die Sonne nicht. Ich und Hülda wurden auf Expedition geschickt, um sie zu suchen.«
Als Brimir das sagte, fühlte er einen furchtbaren Stich in seinem Herzen.
»Ja, es stimmt, was Brimir sagt. Es ist eigentlich sogar kälter auf unserer Insel und die Dunkelheit ist schwärzer, ein ganz katastrophaler Zustand«, sagte Hülda und spürte ebenfalls einen ganz schrecklichen Stich.
»Und deshalb können die Schmetterlinge nicht mehr fliegen«, sagte Brimir und es stach noch mehr in seinem Herzen.
»Das ist schade«, sagte ein Mädchen, »aber warum seid ihr dann so braun im Gesicht?«
»D-d-da-da-das kommt daher, weil wir so viel Erde essen, um zu überleben, das ganze Essen ist aufgebraucht auf unserer Insel«, stammelte Brimir und biss sich auf die Unterlippe.
»Alles ist so hässlich und öde, wenn die Sonne nicht scheint.«
Die bleichen Kinder hörten der traurigen Geschichte zu, die Brimir und Hülda erzählten.
»Ihr seid fürchterlich bedauernswert«, sagte ein Junge.
»Aber trotz der Dunkelheit und Kälte gibt es viel Schönes.«
»Das Eis auf den Seen ist manchmal so glatt wie ein Spiegel und manchmal wellt es sich wie Wellblech, und dann kann es auch brechen, sodass es aussieht wie ein Schrotthaufen. Das macht zwar Angst, ist aber trotzdem schön.«
»Außerdem kennen wir schöne Gedichte über die Schmetterlinge.«

»Und wir können Geschichten von der Sonne erzählen.«
Aber dann verdunkelten sich die Mienen der Kinder.
»Aber Geschichten von der Sonne können unseren Wald nicht wieder zum Leben erwecken. Wenn er stirbt, dann sterben wir auch.«
»Und die Schmetterlinge kommen nicht hierher geflogen, trotz der schönen Gedichte.«
»Aber wir können uns in den Arm nehmen, wenn es uns schlecht geht.«
Es entstand ein langes Schweigen, bis Örvar einem anderen Kind etwas zuflüsterte, das wiederum dem nächsten Kind etwas zuflüsterte. Schließlich verschwanden die bleichen Kinder eines nach dem anderen im Dickicht. Brimir und Hülda saßen schweigsam da, sie fühlten sich innerlich ganz elend.
»Warum haben wir gesagt, dass bei uns daheim die Dunkelheit schwärzer und der Hunger schlimmer ist?«, fragte Brimir traurig.
»Sie wären schrecklich wütend geworden, wenn sie erfahren hätten, dass wir Riesen-Gaudi die Sonne über unserer Insel festmachen haben lassen und ihn dazu gebracht haben, den Wolkenwolf zu machen, der die blöden Wolken zu ihnen hierher treibt.«
»Was wäre wohl, wenn sie erfahren würden, was wir mit dem Schmetterlingsstaub gemacht haben?«
Sie saßen da und hörten den Glühwürmchen im Glas beim Summen zu, als man ein Rascheln aus der Dunkelheit hörte. Die Kinder mit den bleichen Gesichtern waren zurückgekommen. Örvar ging zuvorderst und zog einen ungeheuer großen Beutel hinter sich her. Die bleichen Kinder kamen aus allen Richtungen.
»Glaubst du, dass sie gehört haben, was wir sagten?«, flüsterte Brimir.

Sie wollten gerade weglaufen, als Örvar zu reden anfing.
»An diesem Ballon haben wir genäht, seitdem die Sonne verschwunden ist. Wir wollten ihn benutzen, um nach der Sonne zu suchen. Aber jetzt wissen wir, dass es auf der anderen Seite des Planeten auch dunkel ist. Ihr sollt den Ballon nehmen, um wieder nach Hause zu kommen.«

Örvar ging zu Hülda und Brimir und küsste sie auf die Wangen.
»Danke, dass ihr mein Leben gerettet habt.«
Hülda erschrak und schaute traurig zu Brimir.
»Wir können euren Ballon nicht annehmen. Wir finden den Weg aus eigener Kraft.«
Die bleichen Kinder wollten ihnen trotzdem unbedingt helfen. Sie füllten den Ballon mit heißer Luft und er hob langsam vom Boden ab.

»Hier sind zwei Knäckebrote und fünf Stockfische als Proviant«, sagte Örvar und reichte Brimir einen kleinen Korb.
»Beeilt euch, der Ballon fliegt los!«
»Ihr seid bestimmt niemals in eurem Leben so hoch geflogen.«
Brimir und Hülda bewegten sich nicht, aber es nützte nichts, sich zu sträuben. Sie wurden buchstäblich in den Korb hineingeworfen. Der Ballon schwebte hinauf über den schwarzen Wald und die bleichen Kinder winkten zum Abschied.
»Gute Reise nach Hause, Kinder, und keine Angst vor dem Fliegen!«
Die Kinder wurden immer kleiner, je weiter es nach oben ging. Man sah nichts mehr außer einem schwachen, kleinen Funkeln, wo das Glühwürmchenlicht im Wald leuchtete. Schließlich verschwand es ganz und es war ringsum finster. Brimir und Hülda saßen schweigend im Korb unter dem Ballon. Danke, dass ihr

mein Leben gerettet habt, hatte Örvar gesagt. Wenn der gewusst hätte, wer der Hyäne befohlen hatte, Essen zu jagen. Keine Angst vor dem Fliegen, hatten die bleichen Kinder gesagt. Wenn die mal gewusst hätten, wie hoch sie unter der festgenagelten Sonne geflogen waren. Der Ballon fegte über den Himmel in die kohlschwarze Nacht. Man hörte keinen Laut außer dem Sausen des Windes, der in die Schnüre schoss, an denen der Korb hing.

»Mir tut das Herz weh«, flüsterte Hülda.
»Ich habe das Gefühl, ein Loch in meiner Seele zu haben«, sagte Brimir.
»Wir hätten die bleichen Kinder nicht anlügen dürfen.«
Der Ballon schwebte. Die Kinder schliefen ein. Brimir erwachte von einem geheimnisvollen Gesang.
»Hör doch«, flüsterte Brimir.
Sie hörten voller Hoffnung dem Gesang zu, der durch die Nacht zu ihnen getragen wurde.
»Ist das ein Vogel?«, flüsterte Brimir.
»Das ist eine Nachtschwalbe«, sagte Hülda traurig. »Es ist noch ewig weit bis zur Sonne.«

Die Kinder wussten nicht, wie lange und in welche Richtung der Ballon davongetragen wurde. Sie versuchten, die Zeit zu messen, indem sie ihre Herzschläge zählten, aber sie konnten nur bis hundert zählen. Als sie hundertmal bis hundert gekommen waren, mussten sie aufhören. Sie wussten, dass der Ballon früher oder später zur schönen Insel getrieben werden musste. Manchmal fegte der Ballon durch eine Wolke und dann war es, als würde sie ein kalter Nebel einhüllen. Einmal flog der Ballon über die

Wolkendecke, und sie schwebten eine kurze Zeit unter den Sternen und dem Mond. Sie betrachteten sich gegenseitig.
Brimir streichelte Hülda über ihr Haar.
»Dein Haar ist grau geworden«, sagte Brimir und betrachtete sie genauer. »Es ist, als wärst du steinalt geworden.«
»Ist das nicht nur das Mondlicht? Du scheinst auch graue Haare zu haben.«
»Dein Haar ist eindeutig grau«, sagte Brimir.
Hülda untersuchte Brimirs Haar und sah, dass er recht hatte. Sie hatten beide graue Haare bekommen.
»Die Dunkelheit im Wald hat uns übel zugesetzt«, sagte Hülda. »Das legt sich hoffentlich daheim in der Sonne.«
»Wenn wir heimkommen«, sagte Brimir schwermütig.

Unter ihnen lag die Wolkendecke und breitete sich aus wie ein brüchiger Gletscher oder weiße Lava. Als der Ballon wieder unter die Wolken sank, war alles wieder schwarz. Manchmal hörte man Gesang.
»Ist das eine Schneeammer?«, fragte Brimir hoffnungsvoll.
»Nein, das ist eine Nachtigall. Es ist noch weit zur Sonne.«
Sie hörten alle möglichen Nachtvögelstimmen und auch Fledermausschreie, aber sie hörten nie die Rufe der Vögel, die tagsüber singen.

»Vielleicht finden wir die Sonne niemals.«
»Vielleicht verhungern wir und enden als grauhaarige Skelette in einem dahinschwebenden Ballon.«
»Und der, der uns findet, schläft nie wieder, ohne einen Albtraum zu haben«, sagte Brimir traurig.
»Wenn wir lebend nach Hause kommen, müssen wir den Kin-

dern in der Dunkelheit helfen und ihnen die Sonne schicken, bevor es zu spät ist.«

»Und die Schmetterlinge um den Planeten fliegen lassen wie früher«, sagte Brimir.

Der Korb unter dem Ballon wiegte sie in den Schlaf. Ein bitterkalter Wind blies und die Kinder versuchten, sich enger aneinander zu schmiegen.

Hahahahaha hahahahahahaha!!!!!

Brimir und Hülda erwachten von einem bekannten Geräusch.

»Trilli! Trilli!«

»Noch eine Nachtigall?«, murmelte Brimir müde.

Hülda guckte über den Korbrand.

»Nein, das ist ein Goldregenpfeifer! Und dort wird es hell am Horizont!«

»Das ist die Sonne!«, rief Brimir, »und unter der Sonne ist unsere Insel!«

Die Insel tauchte aus dem Meer auf wie ein grüner Wal. Die gelbe Sonne mit dem Nagel in der Mitte schien hell und die Wolken wurden weniger, bis über ihnen nichts mehr außer klarem blauem Himmel war. Von der Insel hörte man himmlischen

Vogelgesang, der die Ohren umspielte, und in der Ferne lauerte die schwarze Wolfswolke wie ein Seeräuberschiff.
»Wir sind zu Hause!«
»Man hat fast die hässliche Wolfswolke gern«, sagte Brimir und lächelte.
Er hatte gerade zu Ende gesprochen, als es donnerte und blitzte und die Wolfswolke losfegte.
»Jetzt wird der Wolf eine Wolke davonjagen«, sagte Brimir. Er schaute gespannt um sich, aber sah nicht einmal einen Wolkenfetzen.
»Was für eine Wolke will der Wolf eigentlich verschlingen?«
Brimir betrachtete den Ballon, in dem sie dahinschwebten. Er stupste Hülda in die Seite.
»Findest du nicht, dass der Ballon Ähnlichkeit mit etwas hat?«
»Ich finde, er sieht lediglich aus wie ein gewöhnlicher Ballon.«
»Siehst du nicht, dass er aus Wolle ist? Er hat ein Fell wie ein Lamm!«
Die Blitze zuckten. Der Donner dröhnte. Die schwarze Wolfswolke kam mit weit aufgerissenem Maul auf den Ballon zu.
»Schnell, spring!«, rief Brimir.
Sie sprangen gerade noch rechtzeitig aus dem Ballon heraus, bevor der Wolf ihn mit einem Bissen verschlang.
Die Kinder fielen eine gute Weile, solange sie im Schatten des Wolfs waren. Aber er schoss bald in Richtung einer anderen Wolke davon und da schien die Sonne auf die Kinder und den Schmetterlingsstaub auf ihren Armen. Und sie flogen!
»Dank sei dem Schmetterlingsstaub, der unser Leben rettete.«
»Dank sei Riesen-Gaudi.«

Brimir und Hülda schwebten über das Land. Es war schöner als jemals zuvor. Die gelben Sanddünen in der Wüste sah man kaum vor Hahnenfuß, der sich in der Brise bewegte. Die Bäume waren um die Hälfte größer geworden und Vögel sangen auf jedem Ast. Die Kinder verschlangen Früchte in leuchtenden Farben, die von den Bäumen herabfielen. Kleine schwarze Punkte sausten durch die Luft wie Fliegen.

Ha ha ha ha ha ha ha

»Hörst du das Lachen, Brimir! Alle sind so froh, uns gesund und munter wiederzusehen.«

»Wir sind endlich zu Hause.«

Ihre Freunde schossen lachend durch die Luft, hin und her, auf und ab. Aber keiner kam und begrüßte Brimir und Hülda.

»Lachen sie nicht, weil wir gesund und munter sind?«, fragte Hülda und schaute verwundert um sich.

Keiner schien sie zu bemerken und sie musste sich keinen Kusssabber vom Gesicht wischen. Brimir wollte Margret festhalten, aber das war, als würde er ein Auto auf der Autobahn erwischen wollen.

»Ich bin beschäftigt. Es ist gerade so lustig, ha ha ha ha ha, muss fliegen. Tschüs. Ha ha ha ha ha.«

»Habt ihr uns nicht gesucht? Wir waren im dunklen Wald verschollen.«

»Verschollen? Wer ist verschollen?«

»Wir waren verschollen«, rief Brimir. »Habt ihr euch keine Sorgen um uns gemacht? Wir hätten tot sein können.«

»Sorgen, ha ha ha ha ha, wir brauchen uns keine Gedanken zu machen. Riesen-Gaudi erzählt so tolle Witze.«

»Immer wenn wir uns Gedanken machen oder Sorgen haben, verwandeln sie sich gleich in einen Witz, und wir fangen an zu lachen, ha ha ha ha ha, hören auf nachzudenken und vergessen alles außer dem Witz.«
Dann hörte man großen Lärm von unten vom Schwarzen Strand. Riesen-Gaudi stand dort in kurzen roten Hosen und rief in ein riesengroßes Megafon.
»Was ist grün, wohnt einen Meter unter der Erde und frisst Steine?«
»Was?«, fragten die Kinder.
»Der grüne Steinfresser!«
Die Kinder lachten und lachten so laut, dass es zwischen den Bergen dröhnte.

HA HA HA HA HA HA HA

Brimir und Hülda waren etwas ratlos.
»Alle sind mit dem Fliegen und den Witzen beschäftigt, keiner hat bemerkt, dass wir verschollen waren«, sagte Brimir traurig.
»Die amüsieren sich ziemlich gut«, sagte Hülda, »dabei war der Witz gar nicht lustig.«
»Sollen wir ihnen nicht von den bleichen Kindern in der Dunkelheit erzählen?«
»Wenn der Nagel aus der Sonne gezogen und der Schmetterlingsstaub zurückgegeben wird, dann können wir unser Leben lang nie wieder fliegen.«
»Willst du die letzte Gelegenheit zu fliegen ausnutzen?«, fragte Brimir.
»Wir müssen uns noch ein wenig erholen nach der ganzen Dunkelheit und unsere grauen Haare loswerden.«

Hülda flog los und Brimir wollte hinter ihr her, aber da spürte er wieder den Stich im Herzen. Denselben Stich wie damals, als sie die Kinder in der Dunkelheit trafen und ihnen nicht verrieten, wo die Sonne war.
»Hülda, komm runter, mir geht es so schlecht.«
»Was ist los?«
»Ich habe das Gefühl, ein kleiner Käfer nagt an meiner Seele. Ich kann die bleichen Kinder in der Dunkelheit nicht vergessen«, sagte Brimir.
»Ich auch nicht.«
»Wie können wir ihnen helfen?«
»Sprechen wir mit Riesen-Gaudi, er kann jedem helfen.«
»Wir müssen ihm auch noch dafür danken, dass er unser Leben gerettet hat.«

Witzbold Riesen-Gaudi

Brimir und Hülda flogen im Tiefflug hinunter zum Schwarzen Strand und trafen dort auf Riesen-Gaudi. Er saß im Sand und baute eine Sandburg. Neben ihm lag sein Megafon. Er lächelte, als sie kamen.

»Nein, seid mir gegrüßt, Birgir und du da, Mädchen. Habt ihr keinen Spaß? Soll ich euch einen Witz erzählen? Mann, seid ihr schick.«

»Was meinst du mit schick?«, fragte Brimir und vergaß dabei, seinen Namen zu korrigieren.

»Du mit dem Silbergrau und sie mit eher steingrauem Haar, furchtbar schick.«

»Findest du es in Ordnung, wenn ein Kind graue Haare hat?«

»Was heißt in Ordnung? Grau ist Mode. Wo wart ihr denn die ganze Zeit?«, fragte Riesen-Gaudi vorwurfsvoll.

»Wir waren in der Dunkelheit auf der anderen...«

Aber Brimir konnte den Satz nicht zu Ende bringen. Riesen-Gaudi hob das Megafon auf.

»Jetzt kommt ein Witz!«

Er schrie so laut, dass Brimir und Hülda ein Pfeifen in den Ohren bekamen.
»Was ist braun und macht Be Be?«
»WAS?«, hörte man im Chor von den Fliegekindern.
»Ein braunes Be Be!!! HA HA HA HA HA HA!«
Riesen-Gaudi lag im Sand und krümmte sich vor Lachen.
»Wir müssen mit den Kindern reden«, sagte Hülda und stupste Riesen-Gaudi mit der Zehe. Riesen-Gaudi war bass erstaunt.
»Warum müsst ihr denn immer reden? Wollt ihr nicht mehr Thrill und mehr Witze?«
»Wir müssen den Kindern etwas Wichtiges sagen.«
Riesen-Gaudi reichte Hülda das Megafon und sie rief in den Himmel.
»Kinder, kommt her und sprecht mit uns!«
»Wir können jetzt nicht kommen. Es ist so langweilig, wenn wir aufhören zu fliegen. Erzähl einen Witz!«
Hülda rief erneut, aber die Kinder hörten nicht.
»Ich weiß, wie man mit diesen Kinderfliegen umgehen muss«, sagte Riesen-Gaudi und nahm das Megafon.

WENN IHR NICHT GLEICH KOMMT: DANN BEFEHLE ICH DEM BÖSEN WOLF, DASS ER EUCH FRISST!

Die Kinder flogen sofort herab und versammelten sich vor Riesen-Gaudi.
»Das wurde ja auch Zeit«, sagte Gaudi.
Jetzt sahen Brimir und Hülda zum ersten Mal wieder in die Gesichter ihrer Freunde. Riesen-Gaudi hatte die Wahrheit gesagt. Grau war tatsächlich Mode. Alle hatten graue Haare bekommen.

Das schwarze Haar von Rökkvi war wolfsgrau geworden und das braune Haar von Margret war grau wie Staub.
»Ich hatte gedacht, dass das Abenteuer in der Dunkelheit uns grauhaarig gemacht hat. Aber warum sind die dann auch grau?«, flüsterte Brimir Hülda zu.
»Die wollen mit euch reden«, sagte Riesen-Gaudi und zeigte auf Brimir und Hülda.
»Oh, wir haben keine Lust zu reden, außer es gibt mehr Thrill und Power dafür.«
»Sie werden es kurz machen«, sagte Riesen-Gaudi.

Brimir und Hülda erzählten den Kindern die ganze Geschichte von der Sonne. Wie sie hinüber in die Dunkelheit geweht wurden, auf die andere Seite des Planeten, wo der Wald schwärzer ist als Cola, und wie sie gerade noch dem Braunbären und den haarigen Spinnen entkamen, dank des Schmetterlingsstaubs und des Antihaft-Zaubersprays.

»Ein Hoch auf Riesen-Gaudi und das Antihaft-Zauberspray, die das Leben von Brimir und Hülda gerettet haben«, riefen die Kinder. Können wir jetzt gehen?«
»Die Geschichte ist noch nicht zu Ende.«
Brimir und Hülda erzählten ihren Freunden von dem Lieferservice der wilden Tiere, die ihnen Essen in die Höhle brachten, und von Örvar im Hyänenmaul und den armen bleichen Kindern, die vor Hunger und Kälte dem Tod nahe waren und in der Dunkelheit saßen und auf die Sonne warteten.
»Gut, dass ihr wieder zurückgekommen seid«, sagten die Kinder. »Huschhusch und weg, ha ha ha ha ha ha!«
Brimir wedelte mit den Armen und hielt sie auf.

»Habt ihr denn nicht zugehört, Kinder?«
»Doch, danke, war ganz toll, ha ha ha ha ha ha ha.«
»Aber was ist mit den Kindern in der Dunkelheit, die im sterbenden Wald verhungern und vor Kälte zittern. Wollen wir ihnen nicht helfen?«
Die Kinder zuckten mit den Achseln.
»Wie sollen wir denen helfen?«, fragte Margret unschuldig. »Wir sind doch nur Kinder.«
»Irgendjemand wird irgendwann irgendwas machen!«, sagte Oli entschlossen, »aber im Augenblick verpasse ich eine fantastische Fluggelegenheit.«
»Sind euch die Kinder in der Dunkelheit ganz egal?«
»Haben sie auch graue Haare?«, fragte Loa.
»Nein, sie haben nur ganz gewöhnliche Haare«, sagte Hülda.
Die Kinder lachten schallend.
»Was für Langweiler! Haben die gar keine Ahnung von der Mode?«
»Habt ihr nicht zugehört, Kinder? Sie sterben!«, rief Hülda.
»Was meint ihr denn, sollte man machen?«, fragte Oli. »Mir fällt nichts ein.«
»Es wäre am besten, den Nagel aus der Sonne zu ziehen«, sagte Brimir.
Man hätte eine Stecknadel auf den Boden fallen hören können oder eine Feder.

»Den Nagel aus der Sonne ziehen?«,
sagten die Kinder und starrten ihn wortlos an.
»Den Nagel aus der Sonne ziehen?«,
sagte Riesen-Gaudi und starrte ihn wortlos an.

»Und wir müssen aufhören, den Wolf alle blöden Wolken auf die andere Seite des Planeten treiben zu lassen«, sagte Hülda.
»Und wir müssen die Schmetterlinge wieder fliegen lassen«, sagte Brimir.
»Seid ihr wahnsinnig?!«, schrieen die Kinder.
»Wollt ihr, dass wir vor Langeweile sterben?«
»Sonst verhungern die Kinder auf der anderen Seite in der Dunkelheit und Kälte.«
»Du glaubst uns, Riesen-Gaudi«, sagte Brimir. »Du weißt, wie man die Kinder in der Dunkelheit retten kann. Du hast für alles einen Rat.«

Wem gehört die Sonne?

Riesen-Gaudi stand am Strand und lächelte gutmütig. Er tätschelte Brimirs Kopf.
»Ach, meine armen Kinder. Ich hatte vergessen, dass ihr kleine Kinder seid, die noch recht einfach denken. Aber ihr findet es doch toll, zu fliegen oder etwa nicht?«
»Doch«, sagten die Kinder.
»Und ist das nicht toller als irgendetwas anderes?«
»Na doch!«
»Und wer hat euch beigebracht zu fliegen?«
»Du hast es uns beigebracht, Riesen-Gaudi.«
»Und wer wollte fliegen?«
»Wir wollten fliegen.«

»Und die Schmetterlinge leben auf eurem Land.«
»Unser Land? Kann man Land besitzen?«

»Ja, euch gehört das Land, in dem die Schmetterlinge leben, und deshalb könnt ihr mit den Schmetterlingen machen, was ihr wollt. Und wenn die anderen die Schmetterlinge über ihr Land fliegen sehen wollen, dann müssen sie dafür zahlen, weil die Schmetterlinge euch gehören. Ihr hört nicht auf zu fliegen, außer die bezahlen dafür.«
»Uns bezahlen? Mit was?«

»Sie können mit Gold bezahlen.«
»Was macht man mit Gold?«
»Man bewahrt es dort auf, wo niemand es sieht.«
Das fanden die Kinder seltsam.

»Aber die Sonne, wem gehört die Sonne?
Sie begann nirgends zu scheinen und hörte nirgends auf zu scheinen, sondern flog rund um den Planeten und schien gleichmäßig auf den ganzen Planeten, bis wir dich baten, sie mit dem Nagel festzumachen«, sagte Brimir.
»Natürlich gehört die Sonne euch. Die Idee, den Nagel in die Sonne zu schlagen, wurde hier entwickelt, und die anderen können die Sonne für ein paar Tage im Jahr bekommen, wenn sie für sie bezahlen.«

Die Kinder dachten eine gute Weile nach.

»Dann schulden uns die Kinder auf der anderen Seite eigentlich noch Gold dafür, dass sie die Schmetterlinge Hunderte von Jahren gesehen haben, ohne zu bezahlen«, sagte Oli der Weise.

»Genau«, sagte Riesen-Gaudi.

»Findet ihr das nicht gerecht?«

Brimir und Hülda machten ein ratloses Gesicht.

»Wir verstehen nicht ganz, das ist nicht ganz richtig gerechnet.«

Riesen-Gaudi stöhnte.

»Ich werde das wohl besser in Kindersprache erklären. Ihr seid einfach etwas dumm: Wollt ihr aufhören zu fliegen und dass alles wieder genauso langweilig ist wie früher?«

»Nein«, murmelten alle außer Brimir und Hülda, die unschlüssig waren.

»Erinnert ihr euch, wie langweilig es hier war, bevor ich gekommen bin?«

»Ja, es war echt wahnsinnslangweilig.«

»Und erinnert ihr euch, was Brimir und Hülda sagten, als ich hier landete?«

»Sie sagten, du wärst ein schreckliches Menschenfresserweltraumungeheuer mit vierzehn Köpfen und zehn Ohren und spitzen Reißzähnen.«

»Ihr seht also, dass sie eine viel zu blühende Fantasie haben. Es hat sich herausgestellt, dass ich kein Ungeheuer bin, sondern der lustige Riesen-Gaudi, und den Kindern auf der anderen Seite geht es bestimmt nicht gar so schlecht, wie Brimir sagt, auch wenn die Sonne bei uns festgemacht ist. Die Kinder auf der anderen Seite haben dafür die Sterne und den Mond.«

»Aber die Wolken, die der Wolf bei uns wegjagt, verdecken die

Sterne und den Mond auf der anderen Seite«, rief Brimir.
»Hört euch das an, Kinder! Die auf der anderen Seite haben den Mond und die Sterne und alle Wolken auch, aber wir haben nur die Sonne. Und was wollen sie jetzt? Jetzt wollen sie auch noch einen halben Tag lang die Sonne haben! Das ist doch eine Unverschämtheit!«
»Aber die Kinder auf der anderen Seite leben in ewiger Dunkelheit!«, widersprachen Brimir und Hülda.
»Und was habt ihr den Kindern auf der anderen Seite gesagt?«
Es folgte ein langes Schweigen, aber dann murmelte Hülda:
»Wir haben den Kindern auf der anderen Seite gesagt, dass hier bei uns auch ewige Dunkelheit sei.«
»Und dass wir so braun wären, weil wir lauter Erde essen würden«, sagte Brimir.
»Hört euch das an, Kinder! Sie haben den Kindern in der Dunkelheit gesagt, wir würden in der Dunkelheit leben, und sagen uns dann, dass es dort dunkel sei. Wie soll man da noch etwas glauben? Lügen die vielleicht immer? Zuerst sehen sie ein Weltraumungeheuer, dann Kinder in der Dunkelheit. Wenn ich ihnen nicht das Antihaft-Zauberspray und den Schmetterlingsstaub gegeben hätte, dann wären Brimir und Hülda von den wilden Tieren gefressen worden. Außer, das war auch gelogen. Und das ist der Dank dafür!«
Riesen-Gaudi war richtig genervt.
»Mir scheint, dass es nur eine Lösung für dieses Problem gibt. Wir werden darüber abstimmen.«
»Abstimmen?«
»Dann wissen wir, was die Mehrheit will, und die Mehrheit hat immer recht, und sie hat das Recht zu bestimmen, ob es weiter-

hin so richtig toll sein soll oder nicht. Ist das nicht gerecht? Oder wollt ihr vielleicht allein bestimmen?«
»Nein, die Mehrheit soll entscheiden«, sagten Brimir und Hülda.

Die Wahl

Die Kinder schauten Brimir und Hülda an, die niedergeschlagen die Köpfe hängen ließen. Riesen-Gaudi ergriff das Wort.
»Meine Kinder, bevor ihr abstimmt, werde ich euch ein für alle Mal sagen, was Sache ist. Obwohl die Sonne immer auf unserer Seite des Planeten ist, scheint im Jahresmittel trotzdem durchschnittlich gleich viel Sonne überall auf dem Planeten. Dem Forschungsbericht mit den neuesten Zahlen zufolge befindet sich die Produktion bla blubb somit unter der vom Preisrummsbummsausgleichsbestimmungsvorschriftsparagraphen vorgeschriebenen fünfundvierzigfachen Prozent Abschlag.«

»Was redet er da?«, kicherte ein kleines Mädchen.

»Ah, meine Kleine. Du bist so schrecklich dumm«, sagte Riesen-Gaudi und tätschelte ihren Kopf.
»Du brauchst das nicht zu verstehen. Es reicht, wenn du mir vertraust. Schau dir den blauen Himmel an. Lausche den Vögeln. Wirf einen Blick auf die gelbe Sonne und die roten Äpfel in den grünen Bäumen. So, wie es jetzt ist, ist alles am besten! Die Insel war nie schöner!«

Riesen-Gaudi sprach weiter:
»Wenn ihr so weiterleben wollt, dann müssen wir die Sonne voll nützen können. Wir dürfen den Nagel nicht herausziehen. Es gibt jetzt genauso viel Glück auf der Welt wie früher, es hat sich nur etwas verschoben. Wir bekommen lediglich etwas mehr Glück und die Kinder auf der anderen Seite bekommen lediglich etwas weniger Glück.«
»Aber der Wald auf der anderen Seite stirbt und die Kinder auch«, sagte Brimir.
»Wir dürfen das nicht. Rökkvi, du glaubst uns, nicht wahr?«
»Ha ha ha, he, hmmm. Vielleicht hat Brimir ja recht«, sagte Rökkvi vorsichtig. »Vielleicht wäre es am besten, den Kindern auf der anderen Seite zu helfen.«
Riesen-Gaudi gähnte.
»Ich kann natürlich den Nagel aus der Sonne ziehen und die Sonne auf der anderen Seite des Planeten festmachen. Das ist die leichteste Sache der Welt.«
»He, he. Aber dann sitzen wir hier in der ewigen Dunkelheit und Kälte!«, riefen die Kinder.
»Das ist mir egal. Die Kinder auf der anderen Seite wollen es bestimmt gerne toll haben, wenn ihr nicht wollt.«
»Aber die Kinder auf der anderen Seite würden uns nie in endloser Dunkelheit sitzen lassen«, sagte Hülda.
Es folgte ein langes Schweigen.
»Ach herrjeh, Kinder, findet ihr es jetzt gerade toll?«, fragte Gaudi.
»Nein, wir wollen sofort wieder fliegen«, sagten die meisten.
»Wollt ihr euch wirklich von Brimir und Hülda den ganzen Spaß verderben lassen? Es wird nie wieder so toll sein, wenn der Nagel

aus der Sonne gezogen wird, geschweige denn, wenn ihr den Schmetterlingsstaub zurückgebt. Stimmt schnell ab, damit ihr weiterfliegen könnt.

Hülda war den Tränen nahe.
»Kinder«, rief sie. »Lasst euch nicht reinlegen. Ihm sind die Kinder in der Dunkelheit ganz egal. Er will ihnen nicht helfen. Er weicht nur aus, mit immer neuen Schwindeleien!«
Alle schauten Riesen-Gaudi an. Er wollte die Kinder in der Dunkelheit nicht sterben lassen.

Riesen-Gaudi setzte ein trauriges Gesicht auf.
»Ich will den Kindern in der Dunkelheit selbstverständlich helfen. Brimir und Hülda sind die, die nichts machen wollen. Sie wollen, dass ich den Nagel aus der Sonne ziehe, und dann sollen die Kinder in der Dunkelheit gefälligst selbst sehen, wie sie sich retten.«
»Was willst du machen?«, fragte Brimir bedrückt.
»Wenn wir zusammen helfen und den Kindern in der Dunkelheit Essen, Decken und Schuhe schicken, dann retten wir ihr Leben und können den Nagel in der Sonne lassen. Dann sind alle zufrieden!«
»Wow, wie klug Riesen-Gaudi ist«, sagten die Kinder und lächelten.
Brimir war noch nicht zufrieden.
»Aber was passiert, wenn sie alles Essen, das wir ihnen geschickt haben, aufgegessen haben?«
»Dann helfen wir ihnen noch mal und noch mal und noch mal…«
»Clever«, sagten die Kinder. »Du bist nicht nur klug, du bist auch noch wahnsinnig gütig.«

Riesen-Gaudi lächelte herzlich.
»Dann sollten wir jetzt abstimmen. Ihr habt die Wahl, meine Kinder. Wenn ihr Brimir und Hülda wählt, dann wird alles wieder blöde und langweilig. Wenn ihr mich wählt, dann geht der Spaß weiter und wir retten das Leben der Kinder auf der anderen Seite des Planeten.«
Dann gingen sie zur Wahl. Die Kinder bekamen kleine Zettel, mit denen sie entscheiden sollten, ob Brimir und Hülda recht hatten oder Riesen-Gaudi. Die Kinder dachten einen Augenblick nach und warfen die Stimmzettel dann in eine Kiste. Dann wurden die Stimmen gezählt und Riesen-Gaudi verkündete das Ergebnis. Er rief ins Megafon:
»Mehr als hundert Kinder wollen den Nagel in der Sonne haben, wollen mit dem Schmetterlingsstaub auf den Armen am blauen Himmel fliegen, mit Antihaft-Zauberspray beschichtet sein und die Kinder auf der anderen Seite des Planeten retten, indem sie ihnen Essen, Decken und Schuhe schicken.
Zwei wollen den Schmetterlingsstaub zurückgeben, den Nagel aus der Sonne ziehen und alles wieder langweilig werden lassen. Wir wissen genau, wer das ist.«
»Hurra!«, riefen die Kinder. Mehr Fliegerei! Mehr Power!«
Brimir schaute seinen Freund Rökkvi an, aber der schaute weg. Tränen schossen Brimir in die Augen und Hülda wollte ihn trösten, aber sie waren so glatt vom Antihaft-Zauberspray, dass sie sich nicht umarmen oder an den Händen fassen konnten.
Da kamen Hülda auch die Tränen.
»Komm mit«, sagte Hülda schluchzend zu Brimir.
Sie gingen den Fluss hinauf und kamen zum Wasserfall, der in die Schlucht floss, ohne dass man es tosen hörte und ohne dass

Gischt aufgewirbelt wurde, sodass kein Regenbogen in der Schlucht entstehen konnte. Sie zogen das Antihaft-Zauberspray von sich ab und warfen es in den Wasserfall. Dann nahmen sie sich an der Hand und in die Arme und beobachteten, wie ein wenig Gischt aufgewirbelt wurde, ein leises Tosen in der Schlucht aufkam und sich in der Gischt ein winzig kleiner Regenbogen abzeichnete, wenn auch hundertmal kleiner als der alte.

»Ich hatte ganz vergessen, wie schön es ist, Hand in Hand zu gehen«, sagte Brimir und lächelte Hülda an.

Sie gingen Hand in Hand zum Schmetterlingsberg hinauf und schauten vorsichtig zur Höhlenöffnung hinein. Dort schliefen die nichts ahnenden Schmetterlinge. Die Kinder klopften sich den Schmetterlingsstaub ab und streuten ihn vorsichtig über einige Schmetterlingsflügel. Sie schlichen davon und schliefen erschöpft im Schatten einer Eiche ein.

⁂ Das Wohltätigkeitsfest ⁂

Während Brimir und Hülda unter einem Baum schliefen, wurde am Schwarzen Strand ein riesiges Fest abgehalten, um den Wahlausgang zu feiern. Nach dem Fest sollte eine Tonne mit Decken und Essen gefüllt und ins Meer geworfen werden, sodass sie hinüber zu den Kindern auf der anderen Seite des Planeten geschwemmt werden würde, um ihnen das Leben zu retten.

»Brimir und Hülda sollen keinen auf schlechte Verlierer machen, sondern sich damit abfinden, dass die Mehrheit immer alles am besten weiß«, sagte Riesen-Gaudi.
»Wir können den Kindern auf der anderen Seite des Planeten eine viel größere Freude bereiten als sie.«
»Hurra! Wir machen den Kindern in der Dunkelheit eine Freude«, riefen die Kinder im Chor.

Riesen-Gaudi rollte eine Tonne aus seinem Raumschiff heraus und schüttelte zuerst einige Bonbonpapierchen aus ihr heraus. Er stellte sie auf den Strandsand.
»Wenn wir diese Tonne gefüllt haben, dann rollen wir sie ins Meer und sie treibt hinüber zu den bleichen Kindern.«
Die Kinder schwebten um die Tonne.
»Ich brauche diese Schuhe nicht mehr, wenn ich die ganze Zeit fliege«, sagte Rökkvi und warf seine alten Schuhe in die Tonne.
»Und ich brauche keine Decke mehr, es scheint ja immer die Sonne«, sagte Margret und warf ihre Decke in die Tonne.
»Und ich schaffe diesen Apfel nicht mehr«, sagte Oli und warf seinen angebissenen Apfel in die Tonne.

Dann aßen alle so viel sie konnten. Aber als das Fest auf dem Höhepunkt war, da begannen geheimnisvolle Häufchen am Horizont aufzutauchen.
»Was ist das?«, fragten die Kinder und glotzten aufs offene Meer hinaus.

Riesen-Gaudi holte sein Fernrohr und schaute aufs Meer hinaus.
»Das sind Kisten und Flöße, sie müssen von der dunklen Seite des Planeten kommen!«
Riesen-Gaudi schaute die Kinder mit ernster Miene an.
»Ich bin weit gereist und habe viel gesehen. Aber das ist mit das Schlimmste, das meine Augen gesehen haben. Das ist eindeutig ein Invasionsheer. Es gibt KRIEG!«
»Krieg?« … »Was ist Krieg?«
»Es gibt Krieg, wenn jemand so schlechte Laune bekommt, dass er den Schwefelgeruch und das Eisen aus den Bergen zu Bomben verarbeitet und sie auf alle wirft, die er nicht leiden kann.«
»Sind die Kinder auf der anderen Seite dann wohl böse auf uns?«
»Sie haben herausgefunden, wer ihnen die Sonne und die Schmetterlinge weggenommen hat und ihnen dafür die Dunkelheit und Wolken geschickt hat.«
»Wollen uns die Kinder in der Dunkelheit also umbringen?«

»So ist das nun mal im Krieg«, sagte Riesen-Gaudi und zuckte mit den Achseln.
Die Wellen trugen die Kisten mit dem Invasionsheer immer näher und näher an den Schwarzen Strand heran.
Die Kinder sausten ratlos hin und her.
»Wir werden das Invasionsheer zurücktreiben!«
»Schnell, Riesen-Gaudi, bau Bomben aus dem Schwefelgeruch und dem Eisen aus den Bergen!«
»Ja, schnell«, riefen die Kinder. »Wir werden sie wegbomben, bevor es zu spät ist!«
Riesen-Gaudi dachte über die Sache nach. Die ersten Kisten waren schon fast am Strand.
»Das ist etwas teurer«, sagte Riesen-Gaudi ruhig.
»Was kostet eine Bombe?«, riefen die Kinder. »Schnell, bevor es zu spät ist!«

»Es kostet ein Herz, eine
Bombe zu werfen«,
sagte Riesen-Gaudi.

»Ein Herz?«
»Ihr könnt keine Bomben werfen, solange ihr ein normales Kinderherz in der Brust habt. Sobald ihr eine Bombe werft, wird euer Herz zu einem Herz aus Stein oder einem Herz aus Stahl.«
»Wie verändert man sich da?«, fragten die Kinder.
»Ihr wachst nicht und ihr schrumpft nicht, aber wenn ihr ein

Herz aus Stein bekommt, wird das Leben viel einfacher, ihr braucht nicht einmal mehr Freunde.«

»Und bei einem Herz aus Stahl?«

»Da wird man nie traurig und nie fröhlich und muss nicht länger irgendwelche Gefühle haben. Menschen mit einem Herz aus Stahl weinen nie.«

»Schnell, Riesen-Gaudi, rette uns, bau Bomben!«

Riesen-Gaudi machte aus dem Schwefelgeruch und dem Eisen aus den Bergen runde Bomben, die er an die Kinder verteilte. Er brachte sich hinter einem Fels in Sicherheit und kauerte sich mit seinem Megafon zusammen. Die Kinder nahmen an der Strandkante Aufstellung und zielten auf die Flotte draußen auf dem Meer.

»Macht euch bereit!«

»EINS, ZWEI UND BOMBE!!!« Riesen-Gaudi brüllte.

Aber nichts explodierte. Die Kinder hielten die Bomben in den Händen, aber keiner wollte der Erste sein, der eine warf. Keiner wollte ein Herz aus Stein oder aus Stahl bekommen. Riesen-Gaudi nahm das Megafon und schrie den Kindern zu:

»SEID IHR ALLE TOTALE MEMMEN? IIHR WERDET IN DIESEM KRIEG UNTERGEHEN, WENN IHR NICHT FEUERT! BEEILT EUCH, BEVOR ES ZU SPÄT IST!«

Die Invasionsflöße waren bereits direkt an der Küste angekommen und schließlich erfasste eine Welle eines von ihnen und ließ es zerschellen, sodass alles, was sich darauf befunden hatte, am Strand verstreut wurde. Die Kinder schauten es verwundert an.

»Das ist kein übermächtiges Invasionsheer. Das sind Decken!«

»Der Angriff ist sicherlich sorgfältig vorbereitet worden«, sagte

Riesen-Gaudi. »Sie schicken ihre Ausrüstung voraus. Ihr müsst die nächste Kiste zerbomben.«

»Eins, Zwei und Bombe!!!«

Aber keiner warf eine Bombe.
Die Wellen ergriffen mehr und mehr Kisten und zerbrachen sie am Strand. Aus ihnen rollten mal Schuhe, Kleidung und Decken, mal Kartoffeln und Stockfisch.
Die Kinder standen wortlos am Strand, als die Wellen die letzte Kiste an Land warfen. Sie zerbrach nicht und die Kinder schlichen um sie herum.
»Was ist das?«
»Seid vorsichtig«, sagte Riesen-Gaudi. »Das ist bestimmt eine Atombombe.«

Die Bombe in der Kiste

Rökkvi schlich zur Kiste und brach vorsichtig das Schloss auf.
»Was ist es?«, fragten die Kinder.
Rökkvi sagte nichts.
»Rökkvi, was ist es?«
»Es ist nur Papier.«
»Steht etwas auf dem Papier?«
»Sind es Morddrohungen?«
»Sind es Kriegserklärungen?«
»Sind es Ultimaten?«
Rökkvi blätterte durch den Stapel.
»Das sind Geschichten.«
»Geschichten?«
»Ja, das sind Abenteuer und Heldensagen und auch Gedichte.«
»Gedichte?«
»Und hier ist ein Brief.«
»Lies ihn vor.«

Liebe Kinder!
Hoffentlich seid Ihr noch am Leben. Wir haben vor einigen Tagen Eure Freunde Hülda und Brimir getroffen, und sie haben uns erzählt, wie schlecht es Euch geht, seitdem die Sonne verschwunden ist. Hoffentlich haben sie es geschafft, mit unserem Ballon nach Hause zu kommen. Da Eure Dunkelheit schwärzer ist als unsere Dunkelheit, wollen wir Euch gerne helfen, damit Euer Leben erträglicher wird. Und deshalb schicken wir Euch Essen und Decken und Geschichten und Gedichte, damit Ihr keine Erde essen müsst und damit Euch nicht langweilig ist.

Viele Grüße, die Kinder beim Glühwürmchenlicht. 

»Die Kinder in der Dunkelheit schicken uns Essen?«, fragten die Kinder und schauten auf die Bomben in ihren Händen.
Riesen-Gaudi lachte schallend.
»Ha ha ha ha! Wie bescheuert die sind!«, rief er und krümmte sich vor Lachen. »Sie haben das geglaubt, was Brimir und Hülda gesagt haben! Sie denken, dass ihr so hungrig seid, dass ihr nichts als Erde fresst.«
Keiner lachte, außer einigen, die verlegen kicherten.
»Die schicken uns Decken und Gedichte?«, fragten die Kinder.
Riesen-Gaudi lachte noch lauter, ihm kamen die Tränen:
»Ha ha! So was hab ich noch nicht erlebt! Die sitzen in der Dunkelheit und Kälte und schicken Decken und Essen herüber in die Sonne und Wärme, nur weil sie denken, dass es hier auch dunkel ist.«
»Warum sind sie so gut zu uns?«, fragten die Kinder.

»Ich weiß nicht«, sagte Riesen-Gaudi. »Manche sind so dumm und so gutgläubig.«
Die Kinder standen am Strand und schauten auf die Tonne, die sie selbst zu den bleichen Kindern treiben lassen wollten. Fliegen summten um sie herum. In ihr lagen Essen, eine Decke und alte Schuhe auf einem Haufen.
»Ach herrjeh, nun fliegt schon los, Kinder, und vergessen wir dieses Hühhott! Los.«
Keiner bewegte sich.
»Was habt ihr?«
Keiner antwortete.
»Kinder, die in der Dunkelheit und Kälte leben und Decken und Stockfisch hergeben, müssen so bescheuert sein, dass sie es nicht verdient haben, die Sonne bei sich zu haben«, sagte Riesen-Gaudi. »Sie wüssten gar nicht, was sie mit ihr tun sollten. Fliegt jetzt los.«
Die Kinder standen am Strand und schauten verschämt zu Boden. Margret wollte Rökkvi in den Arm nehmen, aber er war zu glatt.
»Komm mit«, sagte Margret und stieß Rökkvi in die Seite.
Rökkvi stieß Oli an, der Loa, die das nächste Kind, und sie schwebten hinauf zum Schönen Wasserfall. Sie landeten am Wasserfall, der wie Rotze in die Schlucht hinuntertropfte. Die Kinder zogen sich das Antihaft-Zauberspray ab und warfen es in den Wasserfall. Die Gischt stieg hoch und höher, je mehr Kinder das Spray in den Wasserfall warfen, und er dröhnte lauter und lauter, sodass das Getöse fast ohrenbetäubend war. Es war so laut, dass alle Witze, die Riesen-Gaudi den Kindern erzählt hatte, vergessen waren. Dann erschien ein großer und schöner Regenbogen über der Schlucht.
Die Kinder schlossen die Augen und spürten, wie die Gischt die

Körper umspielte. Dann flatterten sie hinauf zum Schmetterlingsberg und streuten den Schmetterlingsstaub vorsichtig über die Schmetterlinge. Die Kinder umarmten sich und küssten sich und gingen dann zurück. Viele waren bald vollkommen erschöpft. Einige hatten ihre Füße nicht benutzt, seitdem der Nagel in der Sonne steckte. Die Knochen waren schwach, die Glieder steif und einige gingen am Stock.

Als sie schließlich wieder an den Strand kamen, stand Riesen-Gaudi allein am Strand und packte seinen Sonnenstuhl zusammen.
»Ihr dummen, undankbaren Kinder«, brummte er. »Ich bin weg!«
»Warum sind wir so schwach?«, fragten die Kinder.
»Ihr habt mir die Jugend verkauft, als Gegenleistung für den Spaß.«
»Aber jetzt ist der Spaß vorbei, können wir dann die Jugend zurückbekommen?«
»Aber sie gehört mir. Ihr habt mir die Jugend verkauft und ich mache damit, was ich will.«
»Was willst du mit der Jugend machen? Wir wollen keine grauen Haare und lahmen Knochen haben.«

»Jugend ist der wertvollste Stoff auf der Welt, sie ist mehr wert als Gold und Diamanten, mein Raumschiff fährt mit Jugend. Mit eurer Jugend kann ich bis ins nächste Sonnensystem kommen, und wenn ich dann noch etwas Jugend übrig habe, dann kann ich mir eine ganze Menge Freunde kaufen.«
»Hast du keine Freunde?«, fragten die Kinder.
Riesen-Gaudi antwortete nicht. Sie schauten Riesen-Gaudi voller Sorge an. Der Tank des Raumschiffs war fast voll.
»Willst du unsere Jugend als Benzin oder Geld verwenden?«

»Willst du uns so alt und grauhaarig zurücklassen?«
»Aber ihr findet es doch schick, graue Haare zu haben, das ist in Mode«, sagte Riesen-Gaudi und nahm sein Megafon:
»Es war einmal eine Frau, die hatte einen Hund, der hieß Neuste Mode, aber der Hund lief davon, als sie in der Dusche war. Und da lief die Frau Splitternackt hinaus auf den Balkon und rief: Neuste Mode! Neuste Mode! Und daraufhin waren immer alle Splitternackt, weil sie dachten, das wäre die neuste Mode.«
Keiner lachte über den Witz.
»Gibst du uns bittebitte die Jugend zurück?«, fragte Margret freundlich.
»Aber das Raumschiff fährt mit Jugend. Wollt ihr vielleicht, dass ich für immer hier bleibe.«
Keiner antwortete.
»Willst du nicht erst den Nagel aus der Sonne ziehen?«
»Ich mache gar nichts für undankbare Kinder.«
»Aber nur du kannst den Nagel aus der Sonne ziehen«, sagten die Kinder. »Man muss ihn rausziehen, sonst sterben die Kinder auf der anderen Seite.«
»Aber das kostet etwas, wenn ich den Nagel aus der Sonne ziehe, meine Kinder.«
»Wie viel?«
»Nichts außer einem einzigen Tropfen Jugend aus einem Kinderherzen.«
»Tss, das ist nicht viel. Wie viel Jugend haben wir denn noch übrig?«
»In jedem Herzen ist noch ein Tropfen.«
»Du spinnst ja! Der letzte Tropfen hängt doch im Herzen fest.«
»Kein Problem. Man kriegt einfach ein Herz aus Stein dafür«, sagte Riesen-Gaudi.

»Aber du brauchst dich doch um einen Tropfen nicht zu scheren, du hast einen vollen Tank.«
»Der letzte Tropfen ist der wertvollste Tropfen. Sterbende Könige auf anderen Planeten würden ihr gesamtes Reich hergeben für den letzten Tropfen aus einem Kinderherz.«
»Wir können dir den letzten Tropfen nicht geben!«, riefen die Kinder. »Es ist besser zu sterben, als ein Herz aus Stein zu bekommen.«
»Ihr bestimmt das«, sagte Riesen-Gaudi. »Entweder bekommt einer von euch ein Herz aus Stein, oder alle bescheuerten Kinder auf der anderen Seite sterben in der Dunkelheit.«
»Du bist ein Weltraumungeheuer«, sagten die Kinder.
»Ihr wolltet den Thrill auch nachts haben und habt mich den Nagel in die Sonne schlagen lassen.«
»Ja.«
»Und ihr habt abgestimmt, dass der Nagel nicht aus der Sonne gezogen werden soll.«
»Ja.«
»Die Mehrheit hat immer recht und ich habe nur das getan, was die Mehrheit will. Ich bin kein Ungeheuer, ihr seid Ungeheuer. Ihr habt entschieden, dass die Kinder in der Dunkelheit weiter in der Dunkelheit bleiben. Mir scheint, dass jeder von euch ein Herz aus Stein in der Brust hat.«
Keiner antwortete.
»Wenn sich irgendjemand dazu bereit erklärt, mir den letzten Tropfen seiner Jugend zu geben, dann werde ich den Nagel aus der Sonne ziehen und alles wird wieder wie früher. Ansonsten bin ich jetzt weg.«
Riesen-Gaudi stieg in sein Raumschiff und wollte gerade durch-

starten, die Jugend verbrennen und weit ins All hinausschießen, wo andere Planeten auf ihn warteten.

Aber da hörte man einen Ruf aus der Kinderschar:

»Du kannst meinen letzten Tropfen haben, wenn du den Nagel aus der Sonne ziehst.«

Den Kindern blieb vor Erstaunen der Atem stehen. Es war Brimir.

Ein Herz aus Stahl oder ein Herz aus Stein

Die Kinder standen schweigend da und schauten auf Brimir.
Riesen-Gaudi stieg aus dem Raumschiff und grinste.
»Das war eine vernünftige Entscheidung.«
Niemand sagte etwas.
Brimir kam aus der Gruppe hervor.
»Du versprichst, dass du den Nagel aus der Sonne ziehst, wenn du meinen letzten Tropfen Jugend bekommen hast.«
»Ich verspreche es, glaub mir, habe ich nicht immer alles eingehalten?«, fragte Riesen-Gaudi und lächelte übers ganze Gesicht.
Keiner lächelte.
»Willst du ein Herz aus Stahl oder ein Herz aus Stein?«
Brimir schaute über die Kindermenge und dachte nach. Wenn er ein Herz aus Stein bekäme, dann bräuchte er keine Freunde mehr. Wenn er ein Herz aus Stahl bekäme, wäre ihm alles egal.
»Ich will überhaupt kein anderes Herz bekommen«, sagte er.
»Ich will lieber sterben, als ein Herz aus Stahl oder aus Stein zu haben.«

»Ich bin nicht grausam, ich will niemanden töten«, sagte Riesen-Gaudi. »Du bekommst ein Herz aus Stein, die wollen sowieso keine Freunde von dir sein.«

Riesen-Gaudi drückte auf einen Knopf an der Seite des Raumschiffs und mit großem Geklapper fiel ein Operationstisch aus der Wand. Er drückte auf einen anderen Knopf und eine kleine Kreissäge und ein Staubsauger kamen zum Vorschein. Er bewegte eine Kurbel am Operationstisch und ein Regenschirm und eine Nähmaschine sprangen heraus.

»Das ist eine einfache Operation«, erklärte Riesen-Gaudi. »Ich spanne den Regenschirm auf und zu, und der treibt die Kreissäge an, die einen kleinen Spalt in deine Brust sägt. Und dann saugt der Staubsauger dein altes Herz heraus und spuckt stattdessen ein Herz aus Stein in die Wunde. Und dann übernimmt die Nähmaschine und du bist wie ein neuer Mensch!«

Brimir schaute über die Schulter zu seinen Freunden. Nach der Operation würde er kalt und gefühllos sein und bräuchte keine Freunde mehr. Er suchte Hülda, aber sah sie nirgends. Oh, er hätte sie noch ein letztes Mal umarmen wollen. Er legte sich auf den Operationstisch und schloss die Augen. Riesen-Gaudi machte sich bereit. Er spannte mit großer Kraft den Regenschirm auf. Die Kreissäge jaulte. Sie sank tiefer und tiefer.

Hviiiiiiiiiiiiiiiiiiiiiii.

Plötzlich hörte man ein Rufen:
»Warte mal! Riesen-Gaudi, warte mal!«
Alle drehten sich um. Es war Hülda.
»Was ist denn?«, fragte Riesen-Gaudi und zog den Regenschirm zu. »Siehst du nicht, dass ich beschäftigt bin?«
»Wovon träumst denn du, Riesen-Gaudi?«, fragte Hülda.
»Wa-wa-was meinst du? Wovon ich träume?«
»Wovon träumst du, Riesen-Gaudi?«, fragte Hülda wieder und schaute ihm fest in die Augen.
»Warum fragst du mich?«
»Antworte mir.«

Riesen-Gaudi schaute verlegen.
»Ich weiß nicht recht. Ich lasse die Träume von anderen wahr werden, aber meine Träume interessieren niemanden.«
»Träumst du nie?«
Riesen-Gaudi murmelte: »Doch, manchmal träume ich.«
»Wovon?«, fragte Hülda.
Riesen-Gaudi zappelte und steckte die Zehe in den Sand.
»Dass ich König werde«, murmelte er.
»Häh?«
»Ich wäre gern König«, sagte Riesen-Gaudi ein wenig lauter.
Die Kinder schauten ihn an und tuschelten.
König? War das alles? War das sein sehnlichster Wunsch? Einige mussten lachen. Aber vor Verwunderung.
Riesen-Gaudi schaute verträumt in den Himmel und schien sich ganz in seinen Träumen zu verlieren.

»Ich träume davon, König in einem Schloss zu sein, mit einem Wassergraben voller Krokodile und einem großen Thron und einer Zugbrücke und einem hohen Turm, von dem aus ich über mein ganzes Reich sehen und meinen Untertanen Befehle zurufen kann.«

Die Kinder waren bass erstaunt.
»Hast du uns die Jugend weggenommen und uns graue Haare gemacht, damit du in einem entfernten Reich König werden kannst?«
»Ich will den letzten Jugendtropfen auf einem Planeten verkaufen, auf dem ein uralter König wohnt, und dafür an seiner Stelle König werden.«

»Erzähl uns mehr von dem Traum«, sagte Hülda in der Hoffnung, dass sie dadurch Zeit gewinnen würden, um Brimirs Herz zu retten.
Riesen-Gaudi schloss die Augen und erzählte und erzählte von einer Krone und Edelsteinen und schönen Pferden und wie er

in einer Kutsche durch sein Reich fahren und seinen Untertanen mit seinem Zepter winken könne.
Die Kinder hörten verwundert zu.
»Kinder, wir müssen einen Weg finden, um Brimir zu retten«, flüsterte Hülda.
Die Kinder steckten die Köpfe zusammen, aber Riesen-Gaudi hielt die Augen noch immer geschlossen und erzählte und erzählte.
»Das Schloss wäre überall mit Muscheln und Diamanten besetzt.«

»Ich habe einen Plan, der in den Märchen immer funktioniert«, sagte Rökkvi. »Wir bringen Riesen-Gaudi um. So wie Trolle oder Drachen oder Hexen in den Märchen immer umgebracht werden.«
»Genau«, sagte Loa. »Trollweiber werden vom Tageslicht erwischt und verwandeln sich in Steine, Hexen werden im Ofen gebraten und Drachen werden mit dem Schwert geköpft.«
»Wir werden ihn umbringen und Brimir retten«, stimmten die Kinder zu. »Wir müssen ihn alle zusammen angreifen.«
Die Kinder machten sich bereit, Riesen-Gaudi anzugreifen.
»Nein! Nein! Wir dürfen ihn nicht töten«, sagte Hülda bestimmt.
»Warum nicht? Er ist böse.«
»Ja, er ist ein Weltraumungeheuer.«
»Aber er tat nur das, worum wir ihn baten. Er erfüllte alle unsere Wünsche, und wenn er stirbt, dann kriegen wir nie den Nagel aus der Sonne und die Kinder in der Dunkelheit sterben auch.«
»Was willst du dann machen?«

»Ich habe eine bessere Idee«, sagte Hülda. »Hört gut zu!«

Hülda nahm einen tiefen Atemzug und schaute ihren Freunden ernst ins Gesicht.

»Wir werden Riesen-Gaudi zum König machen und seinen Traum erfüllen, genauso wie er unsere Träume erfüllt hat.«

Die Kinder schauten sie verwundert an.

»Spinnst Du, Mädchen?«, flüsterte Margret. »Das ist ein total gefährlicher Kerl. Wir sollten ihn besser in ein Gefängnis stecken.«

Die Kinder schauten Riesen-Gaudi an, wie er mit geschlossenen Augen und glücklichem Gesichtsausdruck am Operationstisch stand.

»Und alle würden sich vor mir verbeugen...«

»Hülda, du bist verrückt geworden. Wir können nicht irgendjemanden zu unserem König machen«, flüsterten die Kinder.

»Kapiert ihr nicht?«, flüsterte Hülda zurück. »Ein König ist wie ein Affe im Käfig. Man braucht ihn nur zu füttern und es macht Spaß, ihm zuzuschauen. Aber ansonsten braucht man sich keine Sorgen um ihn zu machen.«

Riesen-Gaudi erzählte weiter von seinem Traum.

»Und ich könnte über das Land schauen und sagen: Das ist mein Reich.«

»Wir werden ihn in ein Gefängnis sperren«, sagten die Kinder zu Hülda.

»Nein«, sagte Hülda. Es ist einfacher, ihn in ein Schloss zu sperren.«

Riesen-Gaudi hatte immer noch nicht aufgehört.

»Und ich hätte eine goldene Krone auf dem Kopf.«

Hülda sprach weiter:
»Außerdem macht es viel mehr Spaß, ein Schloss zu bauen als ein Gefängnis.«
»Aber ein König bestimmt alles! Wir können ihn nicht über uns bestimmen lassen.«
»Ein König bestimmt über Erwachsene. Wir sind wilde Kinder und machen das, was uns gefällt.«
»Aber wie bekommen wir die Jugend zurück?«
»Ich habe da eine Idee«, sagte Hülda.

Die Kinder schauten einander an und dann zu Brimir, der auf dem Operationstisch zwischen dem Regenschirm und der Nähmaschine lag und auf das wartete, was kommen sollte. Hülda rief: »Riesen-Gaudi!«
Er kam zu sich und hörte auf, von seinem Traum zu erzählen.
»Was?«

»Du darfst König werden.«

Riesen-Gaudi wusste nicht, was los war.
»Häh? Was meint ihr? Ich darf König sein?«
»Ja, du darfst König sein, mit Krone und einem Schloss mit Graben und Krokodilen.«
Riesen-Gaudi schaute die Kinder erwartungsvoll an.
»Ist das wahr?«
»Ja«, sagten die Kinder. »Du wirst König der Insel und von uns und allen Tieren.«
»Ich kann das nicht glauben«, sagte Riesen-Gaudi und Tränen blitzten in seinen Augen.
»Du wirst König über die Sonne und die Wolken und den Mond und die Sterne und die Schmetterlinge.«
»Im Ernst?«
»Auf Treu und Glauben«, sagten die Kinder.

Ein glückliches Lächeln machte sich in Riesen-Gaudis Gesicht breit.
»Aber warum wollt ihr meinen Traum wahr werden lassen?«
»Du hast unsere Träume wahr werden lassen, und da verlangt es die Höflichkeit, dass wir auch deinen Traum wahr werden lassen.«
»Bin ich dann jetzt König?«
»Ja, du darfst anfangen zu regieren. Hiermit trägst du den Titel: Seine Ehrwürdige Hoheit Riesen-Gaudi Galaktisch.«
Riesen-Gaudi streckte die Brust heraus und verschwand in seinem Raumschiff. Als er wieder herauskam, hatte er einen weinroten Umhang an, eine vergoldete Krone auf dem Kopf, schwarze Lederstiefel an den Füßen und ein gewaltiges vergoldetes Zepter in der Hand.

»Das hatte ich rein zufällig in einem Schrank«, sagte er und errötete leicht.
Aber dann bekam er einen entschlossenen Gesichtsausdruck und begann zu regieren.

»Untertanen! Baut mir ein Schloss!«

Aber die Kinder sahen sehr erschöpft aus.
»Wir können nicht. Schau doch, wir haben ganz graue Haare und sind altersschwach. Wir hätten dir im Nu das tolle Schloss gebaut, wenn wir etwas mehr Jugend in den Herzen hätten.«
»Wie viel braucht ihr?«
»Nur ein paar Tropfen, ganz wenig«, sagten die Kinder.
»Kein Problem, meine Kinder, ich habe einen ganzen Tank voll mit Jugend.«

Riesen-Gaudi ging ehrwürdig zu seinem Raumschiff, aber seine Gangart war seltsam. Es war offensichtlich, dass er galoppieren wollte. Er ging zu Brimir, der noch auf dem Operationstisch lag.
»Untertan! Warum liegst du hier wie eine angespülte Qualle? Willst du nicht beim Schlossbau helfen?«
Brimir war so erstaunt, dass er nur stammelte.
»Ach, mein Armer, du bist zu schwach, um zu sprechen.«
Riesen-Gaudi tauchte eine Kelle in den Jugendtank und gab Brimir einen ordentlichen Schluck. Brimir spürte, wie die Jugend durch alle Adern und Nerven strömte, bevor sie ins Herz floss. Riesen-Gaudi gab den anderen Kindern auch einige Tropfen und alle wurden glatter im Gesicht, kräftiger in den Beinen

und Teile der grauen Haare wichen blonden, schwarzen oder roten Haaren.

Alle packten zu und schneller als erwartet erhob sich bald ein riesiges weißes Schloss am Strand, mit einem Turm und einem Graben mit Krokodilen. Riesen-Gaudi strahlte vor Glück und stieg schnell hinauf auf den höchsten Turm, um sein Reich anzusehen.

»Jetzt brauche ich Stallburschen und einen Pferdestall!«, rief er.
»Du brauchst keine Stallburschen oder einen Pferdestall«, riefen die Kinder zurück. »Die Pferde kümmern sich um sich selbst und fressen ihr Gras auf der Wiese.«
»Aber wer holt sie mir?«
»Sie kommen, wenn du sie rufst.«
»Das ist aber ein pfiffiges System«, sagte Riesen-Gaudi und lächelte. Dann begann er wieder nachzudenken.
»Ich brauche Diener und Köche!«, rief er.

»Das ist unnötig«, sagten die Kinder. »Die Obstbäume wachsen zu deinem Fenster hinein und du kannst dir eine Ananas oder einen Apfel oder Orangen pflücken, wenn du hungrig wirst.«
»Und im Schlosshof legen Pinguine Eier, die kannst du braten.«
»Und wenn ich Fleisch will?«
»Einem König macht es riesigen Spaß, Vögel oder Rentiere zu jagen oder Lachs zu fangen. Du willst doch nicht, dass das deine Dienerschaft für dich macht?«
»Nein, das stimmt«, sagte Gaudi. »Könige jagen Rentiere und Lachse, nicht die Diener.«
Riesen-Gaudi begann wieder nachzudenken.

»Aber ich brauche Wachen und Soldaten«, rief er.
»Wir sind alle so gute Freunde, dass du keine Soldaten brauchst«, sagten die Kinder.
»Cleverer Einwurf«, sagte Riesen-Gaudi. »Das hatte ich nicht bedacht.«
Riesen-Gaudi dachte weiter.
»Aber Schatztruhen, irgendjemand muss Truhen bauen, im Gebirge nach Gold suchen und es ausgraben, sodass man es in den Schatzkammern unter meiner Burg verstecken kann.«

»Aber du bist der König über das Gebirge und es ist am allersichersten, das Gold dort aufzubewahren, wo keiner weiß, dass es ist. Da ist es so sicher, dass keiner es finden kann.«
»Ein cleveres System«, antwortete Riesen-Gaudi. »Ich bin sicherlich der talentierteste und klügste König auf der Welt.«
Die Kinder grinsten einander an und Riesen-Gaudi dachte wieder nach und rief vom Turmfenster herunter:
»Aber wo soll ich den Rest von der Jugend aufbewahren? Der Tank vom Raumschiff könnte verrosten und auseinander fallen, wenn ich in den Palast gezogen bin.«
»Du bist unser König und deshalb ist es am allersichersten, die

Jugend in den unendlich tiefen Brunnen in unseren Herzen aufzubewahren. Dann passen über hundert Untertanen gleichzeitig auf die Jugend auf.«

Riesen-Gaudi strahlte.

»Das ist eine glänzende Idee. So kann sie uns niemand wegnehmen.«

Riesen-Gaudi gab den Kindern die ganze Jugend zurück und der Brunnen in ihrem Herzen wurde wieder genauso randvoll, wie er es früher gewesen war. Ihre Haut wurde glatt wie ein Babypopo und ihr Haar golden wie ein Muschelsandstrand, obsidianschwarz oder feuerrot. Die Kinder standen grinsend im Sonnenschein, aber Brimir war nachdenklich.

»Aber was ist mit den Kindern in der Dunkelheit«, flüsterte er.

»Warte nur«, sagte Hülda. »Ist jetzt nicht alles perfekt, Riesen-Gaudi?«

Riesen-Gaudi grübelte und grübelte. Schließlich rief er aus dem Fenster:

»Alles ist perfekt!«

»Aber bist du nicht auch König über Mond, Sterne und Wolken?«, fragte Hülda.

»Doch, natürlich«, sagte Riesen-Gaudi.

»Aber wie kannst du verfolgen, was der Mond und die Sterne machen, wenn die Sonne mit einem Nagel über der Insel festgemacht ist? Und wie hast du einen Blick auf die Wolken, wenn der Wolf sie wegjagt?«

Riesen-Gaudi dachte angestrengt nach.

»Ich werde den Nagel aus der Sonne ziehen und den Wolf loswerden«, sagte Riesen-Gaudi. »Dann kann ich den Mond und die Sterne und die Wolken sehen.«

Riesen-Gaudi war begeistert über seinen genialen Einfall.
»Ich bin zweifellos der weiseste König, der jemals über diese Insel geherrscht hat.«
Riesen-Gaudi ging hinaus in den Schlosshof und rief in den Himmel:

»Wolf! Wolf! Komm sofort hierher!«

Da hörte man das furchtbarste Knurren, das man sich vorstellen kann, und der Wolf sauste über den Himmel und waberte über ihnen. Gaudi holte seinen stärksten Staubsauger und richtete ihn auf den Wolf, sodass er in das Rohr hinabgesaugt wurde. Man hörte nichts außer einem leisen Heulen von innen aus dem Staubsauger. Seitdem heulen Staubsauger.

»Ein Hoch auf Riesen-Gaudi!«, riefen die Kinder.

Bald trauten sich die Wolken wieder über die Insel. Einige sahen aus wie pelzige Lämmer, andere aber wie fliegende Schwäne und viele wie Kamele, die Wasser in ihren Höckern gespeichert hatten. Gaudi holte seine lange Leiter und lehnte sie an eine Wolke, die aussah wie ein Pottwal. Seine Hoheit Riesen-Gaudi kletterte mit einem riesigen Brecheisen hinauf in den Himmel und erlöste die Sonne vom Nagel.

»Hurra! Die Sonne ist frei!«, riefen die Kinder.

Nun war das Tageslicht nicht mehr bei ihnen festgemacht. Die Sonne begab sich auf ihre Reise über den Himmel und verschwand schließlich hinter dem Horizont. Die Kinder lauschten.

»Ssst…«

Und dann hörte man das, worauf sie alle gewartet hatten. Zuerst so etwas wie einen Aufschrei der Verwunderung, aber gleich darauf wurde ein unglaubliches Freudengeschrei aus der Ferne zu ihnen herübergetragen.

»HURRA! HURRA! HURRA!«

Die Stimmen kamen von der dunklen Seite des Planeten, die nicht länger dunkel war. Die Kinder dort begrüßten die Sonne zum ersten Mal seit langer Zeit.

»Jetzt sind die Kinder in der Dunkelheit froh«, sagte Hülda und lächelte. »Denn jetzt sind sie Kinder in der Helligkeit.«
Der Mond ging auf und die Sterne leuchteten. Da hörte man seine Hoheit Riesen-Gaudi aus seinem Turmfenster rufen:

»Untertanen! Warum unterhält mich denn niemand?«

Die Kinder saßen am Strand um ein Wachfeuer herum, trugen Gedichte vor und erzählten sich gegenseitig Abenteuergeschichten von Weltraumungeheuern.
»Wir sind nicht würdig genug, den Palast zu betreten«, rief Hülda.
»Komm zu uns ans Feuer. Wir erzählen dir Geschichten«, sagte Brimir.
Seine Hoheit Riesen-Gaudi ging zu den Kindern und setzte sich zu ihnen ans Feuer. Die Kinder erzählten ihm die ganze Nacht lang Geschichten und Märchen, und er erzählte ihnen von fernen Sternen, die er bereist hatte. Dann schliefen alle im warmen Sand am Feuer ein und hatten wirre Träume. Als die Kinder am nächsten Tag aufwachten, war die Luft voller flatternder Schmetterlinge in tausend Farben. Keiner sprach ein Wort, außer Riesen-Gaudi, der mit einem Lächeln auf dem Gesicht flüsterte:

»Oh! Das ist wunderschön.«